全民阅读精品文库

时磊英 著

# 倾听花开的声音

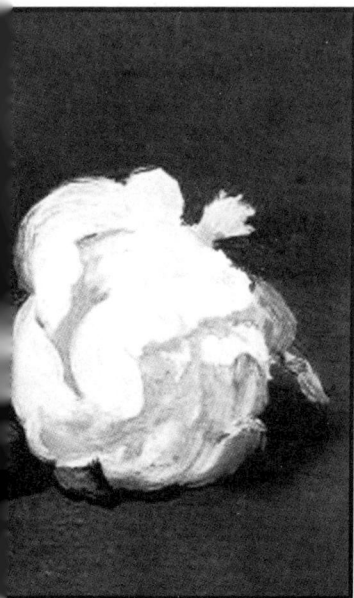

中国言实出版社

图书在版编目（CIP）数据

倾听花开的声音 / 时磊英著 . -- 北京：中国言实出版社，
2018.6

（当代实力派作家美文精选集 / 凌翔，汪金友主编）
ISBN 978-7-5171-2818-2

Ⅰ.①倾… Ⅱ.①时… Ⅲ.①散文集－中国－当代
Ⅳ.① I267

中国版本图书馆 CIP 数据核字（2018）第 127803 号

责任编辑：宫媛媛
出版统筹：李满意
插图提供：荷衣蕙
排版设计：叶淑杰
　　　　　严令升
封面设计：戴　敏

出版发行　中国言实出版社
　　　　　地　址：北京市朝阳区北苑路 180 号加利大厦 5 号楼 105 室
　　　　　邮　编：100101
　　　　　编辑部：北京市海淀区北太平庄路甲 1 号
　　　　　邮　编：100088
　　　　　电　话：64924853（总编室）　64924716（发行部）
　　　　　网　址：www.zgyscbs.cn
　　　　　E-mail：zgyscbs@263.net
经　　销　新华书店
印　　刷　三河市金元印装有限公司
版　　次　2018 年 6 月第 1 版　2018 年 6 月第 1 次印刷
规　　格　710 毫米 ×1000 毫米　1/16　13 印张
字　　数　180 千字
定　　价　49.80 元　ISBN 978-7-5171-2818-2

# 散文的气质

红孩

每一个人都不是孤立存在的，他需要社会的滋养。社会就是人群之间的往来，既然人与人之间有往来，就必然会有人与人之间的评价。评价一个人，标准很多，可以用小家碧玉，也可以用大家闺秀，最简单的方法就是用好人和坏人区分。这在二十世纪六七十年代的电影中处处可以看到。而事实上，这世界的芸芸众生，哪里有那么多的好人和坏人，好人和坏人是相对的，就大多数人而言，基本属于不好不坏的人。

生活中，我们对一个人的外表评价，通常爱用"气质"这个词。譬如，形容某个女人漂亮，常用气质高雅；形容某个男人有修养，喜欢用气质儒雅。由此可见，气质这个词是人们所需要的，也是男女可以通用的。查现代汉语词典，对气质的解释有两种：一是指人的相当稳定的个性特点，如活泼、直率、沉静、浮躁等，是高级神经活动在人的行动上的表现；二是人的风格和气度，如革命者的气质。很显然，我们一般选择的是后者，前者过于确定，不过后者也让人感觉到是属于不好定义的那种。

同样，我们看一篇文学作品，往往也会从作家的文字中读出其人与文的气质。这就是所谓的文如其人。以我的见识，人和文在很多的时候并不一致。一个文弱的书生，他的气节和人格可能是刚硬的。鲁迅个头不足一米六，可谁能说鲁迅不高大呢？不管怎样，我们看一个人的作品总会很自然地和这个人的人品联系在一起。所以，我们在研究一个人的作品时，往往会从作家的社会性和作品的艺术性两个方面来考证。近些年，社会价值取向多元化，人们对过去的人和事也变得宽容起来，像过去被封杀被长期边缘的作家作品逐渐走向人们的视野，这些作品甚至如日中天地成了一段时间的文学主流。文学的艺术性与社会性，是不可割裂的，过于强调哪一方面都会失之偏颇。

　　散文也是如此。我们说一篇散文的优劣得失，其评价体系也很难绕开艺术性和社会性。当然，如果是风景描写的那种游记作品，就另当别论了。即使是风景描写，也不完全超脱于当时的社会背景，如《白杨礼赞》《茶花赋》《荷塘月色》《樱花赞》等。假设我提出鲁迅、冰心、朱自清、杨朔等作家的作品具有散文的优秀气质，不知会不会有人站出来反对？我想肯定会有的。据我所知，有相当多的一些作者，始终坚持散文的艺术性，而不愿提作品的社会性，似乎一提到社会性就是和政治挂钩。

远离政治，已经成为某些作家的信条。前几年，周作人、林语堂等二十世纪二三十年代的作家突然走红，就是被这类人追捧的结果。以我个人而言，我对散文创作的路数是提倡百花齐放的，风花雪月与金戈铁马都可以成为作家笔下的文字。我们不能说写花鸟鱼虫、衣食住行就题材窄、格局小，就缺少散文的气质。有的作家倒是常把江河万里挂在嘴边，可其文章味同嚼蜡，一点散文的味道都没有，更谈不上散文的气质。

　　我理解的散文的气质，首先是文字的朴素、洁净，如果一篇散文连这一点都做不到，就很难有别的作为了。这就如同我们看到一个衣衫不整的人，他怎么可能有好的气质呢？然后，作品的内容要更多地承载读者所要获取的知识、信息、情感、思想的含量。第三，在写作技巧上，要发掘出生活的亮色，特别是能在所见的人与物中悟出人生的道理和对世界的看法，且能熟练地运用修辞手法和文章的结构方法。第四，文章的意境要高拔出常人的想象与思维，具有超越时代的精神高度。第五，要做到内容和形式的统一，其内外气场要打通，要浑然一体，有霸王神弓那种气派。有了这些，还不够，一篇好的散文必须与社会相结合，要得到广大读者的认同与共鸣。这个社会的认同，光是一时的认同还不行，它还必须是超越时代的，像我们读《岳阳楼记》那样，要能产生"先天下之忧而忧，后天下之乐而乐"那样的人生思想境界，这才算真正地具有了散文的气质。

　　散文的气质是不可确定的，不同的作家创作了不同的作品，其气质也是不尽相同的。气质是最让人捉摸不定的东西，它像风又像雨，很难用数字去量化。大凡这种捉摸不定的东西，恰恰是审美不可回避的问题。艺术的美是感悟出来的，即我们常说的艺术就是感觉。在这里，我们也可以把散文的气质说成散文的气象，气象可以是眼前的，也可以是未来的。我喜欢"气象万千"这个成语，它如果作用于散文，那就是散文是可以多样的。一篇优秀的散文一定有着不同寻常的气质，拥有了这个气质，你就能鹤立鸡群，就能羊群里出骆驼。


（作者系中国散文学会常务副会长）

# 目　录

第一辑：倾听花开的声音

## 雨中的花瓣

窗外，迷蒙的夜色里，一场凉透了的秋雨纠缠着秋风，呜咽叹息，轻敲轩窗，碎断人肠。寻不见昨日纤雨湿花的雅致，觅不到曾经柳絮扑帘的悠然。

雨点富有节奏地溢满寂寞的空间，和着绮梦悠悠，伤情绵绵，让那横生的愁绪在风中雨里飘摇成殇，恍若枝头颤动的叶子，悲切着让秋风掠去夏日碧绿的忧伤，以苍白的方式挣扎在季节的末梢。

夜雨幽咽，是谁的泪水化作了这场伤感的秋雨？迷蒙里，我看到一枚飘零的花瓣在雨水的汇流里，呜咽着顺流而去，在我的视线里一点一点由鲜艳逐渐变得模糊，渐行渐远，直至挣脱了我的视线。

我知道，那枚风雨中哭泣的花瓣，曾经有过一场与我无关的争奇斗艳的花事；我也知道，它今日的飘零亦同样与我无关。如今，我却在这个风雨之夜，用一颗怜悯之心，哀叹着它的飘零，伤痛着它的哭泣。

落地的花瓣不能重艳枝头，如同一个转身消失的身影，但我却把它在风雨中哭泣的模样刻入了记忆。即使时光的车轮会把疼痛碾压得伤痕累累，但那令人痛惜的意境，也将会若隐若现地穿越时空，敲打我不休的疼痛。

我不知道，季节里那些深深浅浅的印记，岁月里那些浮浮沉沉的心绪，红尘里那缥缥缈缈的花事，有多少能触痛人们麻木的神经，又有多少能在文字里跳跃成炫目的色彩？

# 倾听花开的声音

午夜的灯光下，我与两株牡丹静静地对视，倾听花开的声音滑过夜的幽静。

每当我看到牡丹，我就会想起关于武则天贬牡丹的那个传说。

相传武则天登上皇位，自称圣神皇帝。在一个冬天醉酒后，突然兴致大发，想游上苑，便挥笔题诗宣诏上苑："明朝游上苑，火急报春知。花须连夜发，莫待晓风吹。"第二天，武则天游上苑时，看到苑内众花竞放，却唯独一片花圃中不见花开。细问后方知是牡丹违命，武则天一怒之下便命人点火焚烧花木，并将牡丹全部连根拔起，从长安贬到洛阳的邙山。然而，这些已烧成焦木的花枝一入新土，便又扎下了新根。来年春天，满山翠绿，一株株牡丹开出艳丽的花朵，众花仙叹服不已，便尊牡丹为"百花之首"。"焦骨牡丹"因此而得，也就是今天的"洛阳红"。

正是缘于这个传说，让我惊叹牡丹雍容华贵的同时，更佩服牡丹不畏强权、誓死不屈的风骨。

家里的两株牡丹，是春节前一个爱花的朋友所送。

牡丹刚到家里的时候，瘦瘦的枯枝上举着几个稀稀疏疏的锈红色的叶芽儿。初春的严寒之外，即使没有春风的吹拂，又没有阳光的沐浴，带有暖气的室温却为牡丹营造了一个适于生长的环境。叶芽儿慢慢地舒展成叶片，渐渐地脱去锈红色小衫，换上绿袍。慢慢地，每个嫩嫩的枝丫顶端都举出一个羞涩的花蕾。望着牡丹的叶片一天天苍翠，花蕾一天天增大，想着她们将把生命以最美的形式绽放在枝头，在岁月的长河里划下优美的迹痕，我便为这来自生命的美丽而陶醉。

　　我不是性情中人，平日又忙于日常工作与生活琐碎，对于周遭的很多事物总是熟视无睹。临近春节，我一边为日常生活的琐碎忙忙碌碌，一边又忙于置办年货，对于那两株牡丹，过了两天的新鲜感之后，就被我置放在一个空闲的房间里，让其在时空里独享无人问津的孤独与冷漠。

　　春节前两天的一个傍晚，丈夫突然告诉我，那两株牡丹的花蕾快舒展开了，估计晚上就要有牡丹花绽放了。这两株牡丹最好的盛花期也可能适逢在春节期间。一听到这个令人兴奋的消息，我就想一下子跑过去，看看那两株牡丹将如何摇曳着含苞待放的花蕾把生命的美丽一点点绽放枝头。然而当时，我正在厨房里忙着炸酥肉，锅里的油滚滚沸腾，烟雾缭绕，抽油烟机的叶轮飞速地旋转着，发出低沉而微弱的"嗞嗞"声，如同吹响的冲锋号角，催促着我那双沾着面糊的手将忙活的速度一快再快。面对丈夫传递来的这个好消息，我只能一边不停地忙活，一边有一搭没一搭地询问有关花开的情况。

　　那天我一直忙到午夜才去休息。

　　疲惫地躺在床上，蓦然想起那两株牡丹，想起那含苞待放的花蕾，于是，我穿衣下床，径直奔牡丹而去……

　　望着绿叶托出的花蕾正舒展着花瓣，那来自生命绽放的喜悦顿时盈满心田。我打开家里所有的灯，让灯光赶走黑暗。继而，我把那两株牡丹放置在客厅里最显眼的地方，而后又搬来一把小凳子，坐在两株牡丹前面的正中间，静静地欣赏她们。我要为这牡丹的花开举行一个隆重的仪式，向一种不争的美丽致敬，向一种不该的淡忘致歉。

　　幽幽午夜的灯光下，牡丹花一瓣一瓣地舒展开来，我悄然倾听着这花开的声音，品味着这来自生活的甜美……

# 花如雪

又到四月芳菲时，春风吹暖了大地的情怀，春光点燃了人们的激情。

星期天上午，我和丈夫按照事先的约定，乘着四月的春风，沐着四月的阳光，骑着单车到郊外去郊游。我们出了小区大门沿中华路一路向西，还未出城，就被一阵淡淡的清香牵引。我们大口大口地呼吸着这馥郁的清香气息，一边走着，一边四处张望。

"你快看！那片梨花开得多好啊！"循着丈夫手指的方向，我看到了绿地公园的那片梨树上的梨花如雪绽放。我们嗅着沁人心脾的阵阵清香，望着那片白如雪的梨花，相视一笑，不约而同地朝着那片花海走去，让预定的郊游搁浅在这花如雪的美韵里。

远远地望去，那满树灿然的梨花如雪似玉，一株灿似一株，成方连片地簇拥在一起，一丛丛，一簇簇，一团团，满枝，满树，满园，开得洒脱灿然，开得触目惊心。

望着那簇簇拥拥的梨花，咀嚼着"冷艳全欺雪，余香乍入衣"的诗韵，犹如身陷列国的春秋，咫尺古人的笔墨。不知不觉里，我们都沉醉在那沾衣欲湿的清香里。那股子清香的味道不浓，不妖，不艳，带着甜甜淡淡的清香气息。凑近一闻，沁心入肺，仿佛让人连骨头都酥软了，像是轻轻闭了眼就能看到满树硕大圆润的黄金梨压弯了枝头。

烂漫的梨花，白如雪，纯似玉，灿若云……似乎要以她耀眼绝尘的白颠覆整个世界，白得干净，白得张扬，白得纯粹，白得脱俗……仿若是雪堆云涌，银波琼浪，若不是枝丫间有些许隐约可见的嫩绿逸出，你会以为枝头是被层层叠叠的积雪覆盖。

梨树的千万枝条恣意伸展，枝条前半枝开满了密集的雪白梨花，那洁白的花瓣、淡红的花蕊迎着春风像是向我们点头微笑，又像是欲对我们开口说话；枝条后半枝上打满了密密匝匝的花骨朵，还有无数的枝条正在孕育着新的梦想。我一度怀疑，那些柔软的枝条或许是不堪忍受春天的重负才压弯了腰身，如同拉满的弓箭；那些簇簇拥拥的花朵和花骨朵待命弦上，只等春雷的战鼓擂响，春风的黄旗一声令下，就一起射向苍穹，让那万箭穿过春天的心脏。

春风轻拂，枝头摇曳的梨花，牵动天边的白云，在阳光镀亮的薄雾中欣然微笑，仙姿蹁跹，宛若一袭丽人旖旎弄琴，若有若无的音韵给人以无边的遐想。

置身花如雪的烂漫里，面对纯洁的自然之美，我浮想联翩，多想孕育一番悠悠诗情，挥洒一首前无古人、后无来者的《梨花赋》，在文学的圣殿里开出一朵流芳后世的奇异之花。可惜我没有深厚的文字功底，只得在唏嘘不已的喟叹里欣赏着梨花的纯洁与灿然而不停地举起相机，连连按动快门，剪辑浓浓的春意，拍摄大自然的美丽，凝结这花如雪的纯净……

如若润如酥的春雨淅沥而下，晶莹的雨滴滴落在花瓣上，你会看到梨花带雨的风情雅韵。细雨在春风里轻轻飘洒，娇柔的花瓣终究抵不过雨水积聚的重负，必将会化身落英，一瓣一瓣地在哀叹里哭泣着离开枝头，飘飘摇摇地扑向大地的怀抱。洁白而柔软的花瓣铺展在地上，上面积聚的雨滴如同花瓣的眼泪，湿润润的，晶莹剔透，如一帧优美雅致的风景画，又似一挂淡雅而别致的地毯。望着满地的落英，让人不忍心从上面走过，唯恐会破坏了那道风景的优美，抑或是踩痛了那些流泪的花瓣。

"花谢花飞花满天，红消香断有谁怜？"黛玉的一曲《葬花吟》从古唱到今，不知道伤痛了多少人的心，沾满了多少人的泪，牵动了多少人的情？只待雨过天晴，春风吹拂，阳光普照，原来那些羞羞涩涩的花骨朵，便会赶趟儿似的，一夜之间又开满了枝头，引来无数蜂蝶蹁跹起舞。

望着满树的灿然，我忽然想起台湾女诗人席慕蓉《一棵开花的树》里的诗句：如何让你遇见我 / 在我最美丽的时刻 // 为这 / 我已在佛前求了五百年 / 求佛让我们结一段尘缘 / 佛于是把我化做一棵树 / 长在你必经的路旁 // 阳光下 / 慎重地开满了花 / 朵朵都是我前世的盼望……

这一树一树的梨花难道不是树木的情诗和语言？不是人们对美好爱情的殷切期盼吗？除了爱情，还有什么能与一场盛大的绽放和凋落媲美？人生如果没有爱情，怎么能变得生动而美好？

明明知道，再美的绽放也会凋零，可所有的花木依然会像梨花一样，只为一季的从容，用尽所有的力量来赴这一季花开的约会，心甘情愿地开，一丝不苟地开，发奋努力地开，全心全意地开，开到荼蘼，开到精彩，开到美得不能再美！

人们在爱情面前又何尝不是像梨花一样呢？明明知道，世上的爱情不会有梁祝化蝶的永恒，不会有卓文君夜奔的浪漫；明明知道，爱上一个人，会受伤，会心疼，会心碎，会失望，会流泪……可当爱情真的来了的时候，又有哪一个人不是全心全意地让那美好的爱情，在青春里绽放、在生命里盛开呢？

不管是草木的花事，还是人类的爱情，只要曾经一度热烈地绽放过，纵然是凋落，回味起那曾经有过的花如雪、情似海的最美时刻，即使在睡梦里，也会笑醒……

# 十年荷塘

雨是夏天的灵魂。接连三场的夜雨,淋湿了菏泽的街街巷巷,也淋湿了我记忆里的那方荷塘。

荷是夏天的仙子,立在季节的枝头,舞动岁月的韵律。年年荷花绽放时,我们总会相互邀约,到河南范县的陈庄荷塘、曹县的魏弯荷塘、单县的浮龙湖荷塘……去观荷塘,赏荷花,拍美景。一直以来,我们都忽略了近在咫尺的磐石荷塘。

十年前,我在一次下乡走访时邂逅了磐石荷塘。准确地说,那时还不叫荷塘,只是一个荒凉的污水坑里零零星星地长着少许稀稀疏疏的莲藕而已。十年,三千六百五十个日子如白驹过隙。可十年间许多事情的变化都出乎我们的意料之外。这期间,我因工作需要调离了管辖磐石塘的原单位,失去了趁着工作之余走近荷塘的便利。可我总是有意无意地想起那方荷塘,以及它的主人——曾获得国际金奖的民间根雕艺术家赵庆林老师和他的木匠父亲。

昨天晚上,秋雨敲窗,我一边若无其事地听雨,一边漫无目的地浏览朋友圈。当一组接天莲叶无穷碧的磐石荷塘与荷塘间亭台廊榭相映成趣的优美图片映入眼帘，我惊愕磐石荷塘十年巨变的同时，那些图片也一如烈焰般地点燃了我前往的激情。于是，我便随手拿起手机，拨通了同学的电话，约她如若天亮雨停就一同去磐石荷塘赏荷花。

　　天公作美，黎明时分，下了一夜的雨停下了脚步。我和同学驱车赶往了磐石荷塘。远远望去，那方沿着护城堤蜿蜒的荷塘已今非昔比，一派葳蕤繁荣的景象将我记忆里的破败荒凉颠覆得荡然无存。荷塘面积虽然不太大，但是，那碧水丰盈、波光潋滟、水草隐隐、荷叶田田、荷花朵朵的优美和着那诗情画意的假山池沼、亭台廊榭、名贵花木等诸多美学元素相依相衬而构筑的秀丽风景，却给人以大美无边的感觉。

　　踏着《荷塘月色》的舒缓节拍，嗅着清新淡雅的荷香，缓步在逼仄的水上栈道，仿若一不小心走进了一帧天然水墨画里，又像是误入了江南小桥流水人家的如画秀色里。

　　雨后的荷塘格外清新，洁白的荷花、碧绿的荷叶在晨曦的光照里泛着粼粼水光，一尘不染，婀娜多姿。我从来没有那么近距离地观赏过那出淤泥而不染、濯清涟而不妖的荷。一柄柄纤纤荷茎钻出污泥，钻出水面，用那绿色的刺绒彪炳着荷之不可亵玩的风骨，带着柔与韧，带着虔诚与敬畏，将荷花与荷叶高高地举过头顶；荷叶如盖，苍翠欲滴，错落有致，此起彼伏，在微风里荡起绿色的微澜；荷塘里所有的荷花如雪似玉，如一袭白衣的仙女，优美地舞蹈在绿波之上；穿行在荷塘里，每走一步，都与带露的荷花荷叶触碰厮磨，那种与大自然零距离接触的奇妙之感令人欣然陶醉；委身浅岸，信手掬一汪清水，水是那么地澄澈，又那么地晶莹，无论怎样小心而虔诚地捧着，它都会从指缝间珍珠般地悄然滑落，溅起一圈圈的波纹，目光沿着荡漾的波纹，穿过荷茎丛林，由近及远地向整个荷塘望去，像是整个夏天的翠色都凝聚到了这方荷塘里，时而有红鲤金鱼追逐游出，仿若是为这方荷塘点上了胭脂。望着那方荷塘，闭目沉醉，如同踮起脚尖窥探一个梦境。

十年，时光在磐石荷塘打下了十道轮痕，如同树木多了十道深浅交替的年轮。如今，她以满目的繁荣取代了昔日的荒凉。我们不得不惊叹人类改造自然的能力。然而，谁会想到：这诗意盎然的荷塘，以及它旁边的博物馆与馆内那些极具艺术价值的根雕艺术品都源自于一个年近古稀的老人赵庆林老师亲手所为！

十年间，赵庆林老师在忍受着失去父亲、又失去一子一女的切肤痛楚，靠着辛勤付出，与时间抗衡，潜心修筑他心中博大宏伟的美学工程。就那繁茂的私人荷塘、价值不菲的私人博物馆而言，你势必会想到其主人赵庆林老师肯定是个大富豪。但是，我要明确地告诉你：他不是！十年前，他居住在郊区，家里还有一些责任田；十年之后的今天，他所生活的郊区变成了城市。在艺术低迷的今天，他那价值不菲的根雕艺术品无人问津，他的生活一度陷入了困境，他和妻子就靠着每人每月六十元的低保金生活。他们身上的衣服是邻居们送的，吃的菜是自己在荷塘边种的。可他却在没有资金没有外援没有帮手的情况下，依然坚守着心中的梦想，执着地追求艺术。

十年前，荷塘是他与妻子从几个藕节开始，一点一滴发展到了今天的接天莲叶无穷碧；廊桥西北角的那一排三星级标准卫生间是他与妻子亲手建筑的；亭台廊榭的一木一钉都是他一点点亲手打造的，那上面的飞檐翘角、五脊六兽、镂空雕花等繁杂的美学建筑元素也是他亲手制作的；就连荷塘西面的那个偌大的仿古建筑根雕博物馆亦是他与妻子亲手建造的……谁能想到，那些建筑材料全是赵庆林老师和他年迈的妻子起早贪黑从拆迁工地上或其他地方捡来的……

荷塘无言，将赵庆林老师十年来的风雨沧桑，浓缩成一部厚重的民间艺人的奋斗宝典，足以让人品读一生。

# 灼灼桃花

应文友阿慧之邀，我和几个文友一起来到鄄城县的胡瑶桃花源，来一次诗意而浪漫的采风、拍照、踏春、赏花之旅。

远观一大片桃花灿若云霞，让人瞬间就被春风十里满目香的胜景欣然陶醉，疑心一不小心就进入了影视剧的场景里，分不清自己是置身武陵的桃花源，还是到了刘禹锡曾去过的玄都观，抑或是走进了姑苏曾载风流才子的桃花坞？

走近桃花源，会让人幡然顿悟：三月桃花处处开，为何纷纷独赴胡瑶来的真正原因——每一棵低矮的老桃树都仿若被果农雕塑成了造型美观的工艺品，虬枝四展地诠释着枝条的旁逸斜出之美，嫩嫩的叶芽刚刚萌发，盛开的桃花密密匝匝地缀满枝头，像是在对春天放歌。一朵朵桃花像是温润的泥土在滋润着桃树前世的焦渴，今生的梦幻，用五个粉红娇嫩的花瓣奏出三月的强音，令桃与土相恋的情感拔节声穿透岁月的柔情，演绎出人间的美丽。

或许是我们与桃花有缘。浩荡的春风，吹散了连日的阴郁雾霾，重现了久违的蓝天白云。于悠悠蓝天下，行走在灼灼桃花的诗意里，花香袭人，感受着十里春风的美好，慢观天边的闲云悠然舒卷，细看眼前的桃花悠然绽放，追视着蜂蝶花间翩飞的优美弧线，让你仿若走进一首诗里，一阕词中，那温暖的情调，足以能盛放我们走失的灵魂。

蓝天、白云、桃树、桃花组成一幅绝美的图画。在这晴天丽日的清晨，阳光在枝头与花朵上流动，像是老天特意给我拍摄桃花预设的好时机。无须调整光圈的大小，不必担心背景虚化得是否干净，以纯净的蓝天白云做背景，所有的场景都无须刻意挑选，画面里便会凝成一抹浓浓的春色。站在桃花朵朵盛开处，让摄影师以精湛的技术，剪下一段人面桃花相映红的春光，贴在岁月的门楣，以后的日子里也便有了柔情，有了暖意，有了感动。

凝目灼灼桃花，蓦然发现，平素一向不拘小节的我，一如世人一样喜爱桃花，爱她的柔媚，爱她的灿然，爱她的纯美。我想：或许前世的我是一朵桃花，可那个对着我驻足凝神观赏的人如今何在？是否是因我们的缘分太浅——他的深情不够，未能用千次万次的凝目换来我们今生的牵手？或许，那个前世凝目我的人在岁月的轮回里与我移位，轮回成那朵被我凝目了很久又令我对其反复拍摄的桃花。不知道，我对那朵桃花的深情，能否在来世里换取我们的一世柔情？

穿梭于桃林，忽然想起唐代诗人崔护《题都城南庄》里的"去年今日此门中，人面桃花相映红。人面不知何处去，桃花依旧笑春风"的诗句，我沉睡的情思于桃花清香的氤氲里倏然醒来，心想：在这人面桃花相映红的季节里，在这桃花灼灼盛开的桃林里，不知道是否有人，觅着心上人的踪迹，为其落笔成诗，诗心如画？

一阵春风荡漾，几片花瓣随风飘零，擦痛了我的眼眸，内心蓦然泛起一阵悲凉，仿若看到那个娇柔的女子，泪眼婆娑地吟诵着"一朝春色红颜老，花落人亡两不知"的诗句，在桃树下凄凄哀哀地葬花的凄凉画面。

又是一阵春风吹来，落英缤纷，是谁把满树的灿然扯落一地？是吹开桃花的春风，还是吹落桃花的春风？无论是吹开桃花的春风，还是吹落桃花的春风，不都是这煽情的十里春风吗？它令桃花美丽，令桃花凋零。这美丽与凋零不都是因了一个"情"字而起吗？

说起桃花，人们总是自然而然地联想到"桃花运"，把桃花和爱情联系在一起。爱情固然被人们向往，被人们讴歌，可缱绻红尘里，你情我愿终不悔的美好爱情，只有在影视剧里，在那共死化蝶飞的悲哀里！世间有多少痴情女子负心汉，皎若云月也枉然的"典范"？不说陈世美与秦香莲、崔莺莺与张生、杜十娘与李甲这些戏剧中的人物，可网上疯传的明星们的婚姻，以及一些现实里被人们饭后茶余津津乐道的凡俗婚姻，有多少爱情能经得起岁月的洗礼，经得起柴米油盐酱醋茶的打磨？又有多少婚姻里，隐忍着貌合神离的情殇？

爱情恰是桃花，不管绽放得多么热烈、多么美丽，都逃不过飘零碾作尘的结局。这看似一种悲哀，却也是最终成为果实——桃的必然，亦是岁月沉淀的必然。

# 放牧春天

　　固守着家与单位之间的两点一线，穿梭于繁华的闹市，目光所及的是林立的高楼和车水马龙的景象，凭着衣服的增减感知季节的变换。

　　和同事约好下午去逛街，一到下班时间，我们七个女同事就急急忙忙地骑着电车，说说笑笑地走出了教育局大门。

　　"快看啊，油菜花开了！"刚出大门，大家的目光不知被谁惊讶的喊叫声牵引到路旁的一小片油菜地里，像发现新大陆一样。那片油菜花：碧绿的枝叶簇拥着金黄的花冠，像一个个妩媚的少妇摇曳着遮遮掩掩的羞涩，舞在春风里。

　　虽然单位乔迁新址到郊外已近三个月了，但是，在我们上下班匆匆忙忙的行程里，对于路边的景致依然是视而不见。是那一小片儿的油菜花唤醒了我们心中沉睡的春天，我们不约而同地减慢了车速，逆着温暖的春阳，顺着一条东西走向的田间阡陌远远眺望，绿波深处，朦朦胧胧里一片粉红跃入我的眼帘，直觉告诉我，那是一片花海。

　　我兴奋地喊着同事们停下车来，把自己发现的又一"新大陆"指给她们看，有人和我一样惊奇，有人则因为视力不好而戏说我是"千里眼"。

在我的提议下，我们取消了原来的逛街计划，停车落锁到田野里去踏青，寻觅心中久违的春天。

春阳斜照的光芒一朵朵地在指尖上绽放，春天的气息在我们周围弥漫，感受着春风拂面的惬意，春意在我们心中悠然荡漾。

沿着松软的田间小路缓行，我们蓦然发现，路两旁垂柳的枝条早已泛青，在春风的拂动下，像腰身柔软的少女翩然舞在春风里；枝头三三两两的小鸟鸣啾跳跃着春天的动感；远处的麦田在微风的拂动下，泛起一层层的绿波；洁白的梨花、粉白的杏花竞相绽放枝头，簌簌的花瓣在阵阵春风的吹拂下，舞动着缤纷落英的画面；许多叫不出名字的野草野菜，一簇簇、一团团地挤在田埂地头，热热闹闹地簇拥着春天，那抹鲜活的嫩绿，醉了春风，醉了春意，醉了我们的心。

那片朦胧妩媚的花海渐渐地近了，那是昆明路两旁绿化带里的榆叶梅用激情怒放着春天的诗意。

阵阵花香袭人，置身于那片花海，看着那一树树、一串串缤纷的鲜花，心中有说不出的喜悦，遗憾没有随身带来相机。我们全然不顾路人不解的目光，纵情地摆弄着各种姿势，无心顾及平日里擦得锃亮的皮鞋，无所顾忌地踏进松软的土地里，欢呼雀跃地来到油菜地、梨树旁、杏树边，把笑容和花朵一起绽放在春天。

站在田野放牧着春天，我们既有雾里看花的朦胧，也有旁观尘世的清醒，更是找回了我们掩藏于内心的真实。

## 飞翔的鸢尾花

　　每年的"五一"前后，公园的花坛里，道路两旁的绿化带里，大片大片的紫蓝色跳跃在绿色之上，仿若是数不清的紫蓝色的蝴蝶绕着扇形的绿叶自由飞翔，尽情渲染着阑珊的春意。

　　多年以来，我只知道这种花叫蝴蝶兰。

　　蝴蝶兰是一种极具生命力的草本根生植物。每年春天，它就会把积聚一冬的力量，以强大的生命力冲破土层，勃发生机，以绿色有序排列的扇形来招展生命的活力，以紫蓝色的绽放与高雅来诠释生命的内涵。

　　在春意盎然的季节，那葱茏葳蕤的蝴蝶兰绽放着生机，那一半向上翘起、一半向下翻卷的花瓣，那高雅浪漫的紫蓝色，会让人不由得滋生一种莫名的亲近和喜爱。蝴蝶兰绽放的季节，我总会走近她，欣赏她，阅读她。这极其普通的花朵，就像一只只紫蓝色的蝴蝶在一簇簇绿叶丛中盘旋，一个个紫蓝色的花骨朵亭亭玉立地随风舒展着婀娜的腰肢，用绽放的激情吟哦生命，用蝴蝶翔舞的姿势来驱赶尘世的浮躁，擦亮人们的视线，描摹大自然的美丽，她会把春的美丽带给每一个观赏者。一次，当我在单位的办公楼前凝神观望花坛里绽放的蝴蝶兰时，一位美女同事告诉我说这种花叫鸢尾花。蝴蝶兰就是鸢尾花？望着眼前那一片片随风舞动的紫蓝色的蝴蝶，我惊愕于这水洗过的纯净天空下，大片大片的司空见惯的多年都被我称作蝴蝶兰的花朵竟然是鸢尾花。

鸢尾花，多么诗意而美好的名字！熟悉这个名字源于舒婷的《会唱歌的鸢尾花》的诗歌："在你的胸前 / 我已变成会唱歌的鸢尾花 / 你呼吸的轻风吹动我 / 在一片叮当响的月光下 // 用你宽宽的手掌 / 暂时 / 覆盖我吧"。

一直以为，这种在诗人笔下摇曳生姿的会唱歌的鸢尾花，或许生长在遥远的异国他乡，或许生长在小桥流水的江南，或许生长在一个不为人知的神秘地方……总之，它带着一种无法企及的神秘感隐居于我的内心深处。

鸢尾之名来源于希腊，素有"蓝色妖姬"的美誉。鸢尾花因花瓣形如鸢鸟尾巴而称之其属名 Iris，"爱丽丝"。爱丽丝在希腊神话中是彩虹女神，她是众神与人间的使者，主要任务是将善良人死后的灵魂，经由天地间的彩虹桥携回天国。她既有彩虹之意，又象征爱情和友谊。

鸢尾花是把天上的彩虹聚集于花朵的颜色里，它能不美吗？它所寓意的爱情和友谊能不美好和令人向往吗？正是这种诠释爱情和友谊的鸢尾花，给了舒婷诗意勃发的灵感和写作的激情，让她热情而含蓄、细腻而委婉地描述了自己的生命与感情，把一个平凡得一如邻家女孩的感情的梦之绚烂，诗意地铺展在我们眼前，给人以无限想象的美丽空间。

当眼前这大片大片的蝴蝶兰蓦然间和舒婷的《会唱歌的鸢尾花》联系在一起的时候，我带着对蝴蝶兰的亲近感，走近了鸢尾花的诗意内涵，这一只只紫蓝色的花朵，在用一种不为人知的语言在春天的枝头尽情唱歌，在歌唱着春天，歌唱着生命，歌唱着美丽的大自然……

## 静听秋风

凌晨时分，万家灯火都熄灭在寂寞的夜色里。夜醒着，睁大了苍茫的双眼，虎视眈眈地与疲惫的我对视。

窗外，秋风如同夜和我一样醒着，不肯停下匆匆行走的脚步，顽皮地掀动秋叶的衣衫。

是羞涩？还是无奈？片片秋叶却不温不火地和着秋风的韵律，"哗哗"地拍着巴掌，淹没阵阵秋虫的浅吟低唱。秋风按着自己的方向，穿越夜色，掠过纱窗，传入我的耳膜，肆无忌惮地吻着我的肌肤，燥热了一天的我，感觉到了宋代诗人刘翰在《立秋》中写的"乳鸦啼散不屏空，一枕新凉一扇风"的舒爽。

窗外的秋风在悠悠地歌唱，赶走我温馨甜美的梦，让我在这夜色里以书写的方式，静听着秋风的韵律。

秋风携着音乐，走走停停，一阵接着一阵，时急时缓。我知道，这一阵紧似一阵的秋风，将会无情地催赶南飞的大雁，猖狂地掠走枝叶的最后一件绿衣，而后给她们换一身金黄色的衣裳，接下来再带来一个落叶飘零、万木萧条的季节。

　　唐朝诗人刘禹锡有"自古逢秋悲寂寥，我言秋日胜春朝"的洒脱胸怀，自己断然不敢和古人相提并论。然而此时此刻的我，不知道自己是该悲秋，还是该庆幸这个季节的成熟？

　　往事，像今夜的秋风从心头悠然掠过，却带不走心头的一粒尘埃，反而会将随风而带的尘埃再度附上心头。哀叹有人曾过多地活在别人的世界。

　　似是而非的日子，似是而非的往事，似是而非的选择，一切的一切都将随风飘散成过往的红尘。

　　窗外的秋风依然一阵接一阵地刮着，我不必出门，侧耳倾听，就知道今夜刮的是怎样的风。

# 秋韵图

## 秋　草

在秋风的微语里，遍野的秋草珍藏起绿色的记忆，深深地低下了头，以匍匐的姿势将身子伏低，再伏低，感恩大地曾带来繁华一季的恩赐。

在秋风的径走里，一粒黄色以"星星之火可以燎原"的姿势，一夜之间把一棵秋草染满枯黄，接着这棵草的色彩在秋韵里疯狂地蔓延，让所有的秋草都在秋风的歌吟里，变成大地的沉思者。

谁说秋草将枯萎致死，她是在用金色托起生命，在"一岁一枯荣"里演绎小草"野火烧不尽，春风吹又生"的强大生命力的真谛。

## 秋　菊

秋风翻动时光的书页，"哗哗"作响，朦胧了季节的画面，令废墟也开出金黄的花朵。

秋雨临摹着忧伤的道道痕迹，虚构秋天的时间，将季节碎裂一地的疼痛绽放在菊花之上。

秋菊以金钩的形式打开季节，把内心隐忍的疼痛都化作深深浅浅的黄色，用气节沉吟着炼就淡淡的清香，与我的诗句和最亮的星星一起跃动，让菊香在时空里氤氲弥漫着醉倒季节。

## 红　枫

深秋里，满树的红蝴蝶火焰般翔舞，烈烈燃烧。

枫树高高擎起的火焰烧痛了我的视线，碎裂了一地的忧伤。

在这个秋季，我多想让秋风把我的每一根头发都梳理得与头皮垂直，舒展得如同枫冠。然后，让我像红枫一样点燃青丝，燃烧自己，让火焰的亮色装点秋天的荒凉，让火光照亮世间所有的阴暗，让火焰的炽热抵御秋天的寒霜、冬天的冰雪，让我安然抵达远处的春天。

## 山　楂

我在秋意的纵深处寻寻觅觅，想打捞出一枚秋果的寓意。苹果、香蕉、橘子、梨……早已充溢出太多的陈年象征。

一树山楂熟透了，就像所有欲望都膨胀得发红，比新娘的盛装还红。季节燃烧，烤红了山楂们的脸，把世间所有的酸酸甜甜都缀在了枝头，随秋风舞蹈，给时光煽情。

山楂树稳稳地站在大地上，把成熟托付给季节，期待一场艾米笔下的《山楂树之恋》。

# 岁月如歌

岁月是一条奔腾不息的河流，沿着河水的流向，把每一年都蜿蜒成四季，奔腾出十二个月。每一个季节、每一个月份都以动人的音符，在季节的韵律上弹奏动听的歌谣。

静听着岁月亘古的颂歌，循着光阴的折痕，行走在季节的田埂上，用缤纷的色彩临摹出如歌岁月，让岁月如歌。

## 一月

元旦匆匆地赶在进入腊月三天前到来，让这个一月在季节的轮回里，几乎与腊月携手同行，在寒冷里打开新一年的篇章。

一月携着小寒和大寒两个节气，在数九寒天里，以淡妆素裹的姿势，唱响寒冷的主旋律，冰雕出一个晶莹剔透的世界，让阳光游离在晶莹与迷茫之上，赋予大自然一个神奇而美妙的画章，让文人墨客澎湃的激情驱散大寒和小寒的清冷。

蜡梅把满腹的心事都绽放在一月的枝头，抖落一身的清香，在冷韵里书写季节的诗行。

走进一月，思乡情节开始浓郁，那声声不息的鸡鸣犬吠是对游子最亲切的呼唤；那袅袅缭绕的炊烟如同链接游子与家乡的脐带，牵引着他们一步一步迈向归乡的路。

沿着一月的脚步前行，古老的年味如同千年佳酿，愈来愈浓。腊鱼、腊肉、腊鸡、腊肠，或蒸煮，或烧烤，或油炸，或煎炒……乡村屋顶蜿蜒逶迤的炊烟把年味的香气氤氲弥漫，让一月在香气馥郁里欣然醉倒。

今年的这个一月已走入月末，还没见到雪的踪影。渴望一场纷纷扬扬的大雪封住月尾，让雪的纯洁扮出一个晶莹的世界；让孩子们借着堆雪人、打雪仗的快乐，堆积起心中的偶像与难忘的童年；让冰凉的雪球在季节之外赐予孩子们打雪仗的快乐。

一月是一首诗，风格简朴，情节生动，平仄韵脚于骨子里流溢，于哲理中穿行。

一月将冬天送向了尽头，让春天的烂漫在一月里孕育。

走在一月的冷艳里，展望出一个万紫千红的春天。

# 二月

二月携着古老而浓郁的年味，仅用两天的时间就扯下了腊月谢幕的帷幔，把日子化作跳动的音符，在正月的曲谱上奏响冬与春更替的恋曲。

又要过年了，大红的桃符跃身在二月的门楣，把一年的日子都映照得红红火火；声声爆竹点燃岁月的激情。

二月的风已不再凛冽刺骨，温度里有了浅浅的柔和，空气里弥漫着淡淡的春天的气息。

二月的云，时而像半透明的帷幔遮掩着天空，却不再阴郁；时而像棉絮团轻浮于天空，飘逸着清逸与悠闲；一碧晴空里，湛蓝悠远。是谁在用中国画大写意的手法，把二月的天空装点得如诗如画？

梅花在二月里已到飘零碾尘时，雪花、玫瑰花和烟花艳丽了二月。久违了一冬的雪花，飘飘洒洒，以纯洁的姿势漂白了二月的额头，用"白雪却嫌春色晚，故穿庭树作春花"的浪漫，在二月的画布上涂抹出诗意优雅的一笔；玫瑰花从南方赶来，在情人节那天，招摇于大街小巷。每一枝都涌动着血管里的殷红，把花瓣涂红，等待着痴情男女以花传情；烟花绚烂了元宵节的夜空，用瞬间的绽放诠释着绚烂的一生。

春风吻融了冻土，沉睡了一冬的小草在立春的节气里苏醒，揉着惺忪的眼睛，以"春风吹又生"的顽强，婉约着"草色遥看近却无"的诗意，来诠释生命力的强大。

二月的春风携带着剪刀，轻轻一剪，就剪裁出萌绿的春装，送给杨柳，让她们换掉灰调的冬装，把她们的腰身舒活得柔软起来，然后，又把鹅黄泼上枝头，把贺知章"碧玉妆成一树高，万条垂下绿丝绦。不知细叶谁裁出，二月春风似剪刀"的优美意境淋漓尽致地演绎在二月的枝头。

走在二月的春风里，摇响绿色的铃铛，放一只风筝，用一根线牵着绵绵柔情，醉倒在二月的情怀。

# 三月

三月携着惊蛰和春分，剪下一缕春风，挂在季节的枝头。

第一声响雷，惊醒将心思蛰伏了一冬的蛰虫，它们慌忙爬起身来，伸了个懒腰，就开启了追赶季节的风景，一路轻歌曼舞，春分把岁月分割成一半是红花绿草一半是莺歌燕舞的烂漫春天。

站在三月的肩头仰望，天空湛蓝而悠远，白云飘逸悠闲，既有诗的韵味，又有画的内涵；生命的韵律在大地上无边蔓延，燕子一路呢喃从南方归来，衔来了一个花红柳绿的春天。春风拂动垂柳初染的枝条，用一种崭新的语境吟哦生命的灿然，用诗意的氛围勾勒三月的背景。

三月的春风是春天的使者，一路狂奔乱舞地穿越柳林，消融了冰层，激荡了涟漪，吹开了万树春花，撒播下葱茏绿意，绘一帧绚烂多姿的春之画卷。

三月的春雨，买断了三月第一场演出的权限，淅淅沥沥，缠缠绵绵，于无声中将冰冻润开，将冬眠唤醒。扯天连地的身影遍布村庄、树林、田野、道路……它们肆无忌惮地在人们的注视下谈情说爱，交融缠绵，信誓旦旦地将爱的誓言到处泼洒，淋湿了路人，让人们无意之中便陷入一场狂热而缠绵悱恻的爱情，让你疑惑那晶莹的雨滴便是前世情人的眼泪，穿越了时空，一路追赶着你缱绻缠绵。

一场春雨之后，一夜之间，不见了主宰了一冬的灰调，生机勃勃的嫩芽饰绿了树冠，粉红暖艳了花苞。桃树抢先吹响花开盛世的号角，羞红了脸，用轻柔的曲调，唱一曲"人面桃花相映红"的歌谣。

绿意盎然的油菜地，仿佛一夜之间，冒出了无数笑弯了腰的油菜花，吻着阳光的唇线，摇曳生姿，用缕缕清香诱惑你，把你的视线调染得金黄。

一群群"盗窃"的蜜蜂，来回奔忙穿梭于桃花源和油菜花丛之间，锋芒毕露地私自打开春天的密码，"嗡嗡嘤嘤"地把花香和芬芳搬回家，喂养自己的子孙。

布谷鸟从南方衔来声声脆音，让闪亮的犁铧打开翻淌的黄土，埋下岁月繁衍生息的枝节，铺展出一个农忙的季节。

让我们挽住三月的手臂，乘一缕春风，与春天一路同行。

# 四月

醉人的春风携着一粒清脆的鸟鸣，荡漾起四月的灵韵，打开春天的曼妙，绿意此起彼伏，无边蔓延。

四月的春风，把杨柳的枝条吹得日渐葳蕤葱郁，像娇羞的少女，摇曳着婀娜的腰肢，随着春风的韵律，忘情地舞蹈。

春雨恋上被春风唤醒的小草，把三月里"天街小雨润如酥，草色遥看近却无"的诗情画意，铺展成了四月"苔痕上阶绿，草色入帘青"的优美意境，你瞧，村边、地头、田埂上那一片片、一簇簇、一团团的小草用浓浓的绿意装点着大地，渲染着春天无垠的生机与活力。

春风亲吻着大田里的麦苗，绿意疯长，那随风起伏的绿浪一浪拥着一浪，撩拨着农人丰收在望的憧憬。侧耳倾听，麦苗拔节的声音一如天籁般地在天地间悠扬。

"人间四月芳菲尽，山寺桃花始盛开。"四月的桃花、杏花、梨花……都赶趟儿似的，争奇斗艳，热热闹闹地闹起春来，杜鹃、李子、榆叶梅也不甘示弱，把四月的原野闹腾得春意盎然，引得蜜蜂、蝴蝶流连忘返。

那些漂洋过海的樱花，也在百花闹春之时，过来凑热闹，在公园里、道路旁纵情绽放，一团团、一簇簇开得或粉红如霞，或洁白如雪，如同花季少女般地舒展着迷人的姿容，吸引着人们的眼球。

野外，一簇簇、一片片金黄的油菜花荡漾在春风里，掀起金色的波浪，用一道靓丽的金黄打造四月独有的风光。

四月的天气不单单是阳光明媚与风和日丽，或许是上苍的有意安排，时值清明时节，烟雨霏霏湿润了心境，徒添了悲伤，拉长了思念……静默在亲人的坟墓前祈祷、谒拜、缅怀的同时，也让我们在泪光里感慨人生的苦短、生命的可贵。

四月不会在人们的恋春和惜春的叹息里驻足不前，她尽情地把春意泼洒，把芬芳和阳光洒向大地万物，以饱满的激情走向五月。

# 五月

五月，这个似水的季节，悠然地坐在暮春的肩头，温暖的阳光洒进心扉，激荡着心灵深处的诗行，泥土用心聆听着灵魂的歌唱，窥探着乡间原汁原味的秘密。

随风飞舞的柳絮如同精灵，飘荡在五月的天空，装点着五月的激情，写下五月的诗章。

我循着一缕阳光的思绪，寻找五月的清香。紫粉色的梧桐花吹开了五月的情韵，把浪漫浓重渲染；洁白的槐花把岁月的华章高挂在季节的枝头，用淡雅的色调修饰五月的天空。

油菜拥抱春阳，脱掉金黄的羞涩，用葱郁膨胀着炸裂季节的梦想。

大片大片的麦田在微风里泛着绿浪，密密匝匝的白花纵情绽放，麦穗儿扬起高昂的头颅，用淡淡的清香纠缠着缕缕阳光，用麦芒牵来布谷的歌唱。

农人匍匐于土地，梳理着田野的心事，随手甩下的几个朴素的词语，就点燃了岁月的光芒。

# 六月

"六一"国际儿童节打开了六月的篇章，用火热的希望谱写六月的诗行。

布谷自南往北一路飞翔，衔来金黄的希望，用声声啼叫赶走青杏的酸涩，驱尽麦田的绿浪。

麦收和汗水占据了乡村，收割机轰鸣的碎句短章取代了拉镰收割的长篇巨著。

花生、玉米、大豆、棉花、高粱……平凡的农作物，翻动季节的手掌，稚嫩的根须抓牢大地，被夏风一遍遍地检阅，绿色的韵律舞动六月的骄阳。

莲荷拨开六月的情思，把"小荷才露尖尖角，早有蜻蜓立上头"的意蕴雕琢在碧波之上，夏风把莲的清香送入时空，把六月的灵韵写入季节的诗行。

石榴稳坐六月的枝头，流光溢彩地编织着饱满的梦想。

庄稼茂盛，树木葳蕤，鲜花盛开……一幅花红叶绿的水墨长卷绵延在天地之间。

六月的艳阳展示着季节的内涵，一个个故事在六月的露珠里若隐若现，动人的情节在蛙声蝉鸣里丰满。

## 七月

七月，骄阳似火，一个个生命在烈日的炙烤里含绿吐翠。

七月在季节里蕴含着生命颤动的内涵，万物在流火的温度里孕育传承，所有的情和爱都不仅仅是为了自己，只为生命永恒的图腾。

夏花开了。她没有去争奇斗艳，却兀自开在季节的枝头，把绿色的记忆刻入年轮，演绎生命的内涵。

一切都在蓬勃向上，杨柳舒展着枝条，法桐浓郁着伞荫，玉米摇曳着腰身，棉花孕育着花蕾，大豆膨胀着梦想……七月是季节的设计师，用火热的激情描绘着大地生机盎然的景象。

七月是一个气势磅礴的季节：风，吹动万物；雨，疾射生风；雷，声声催雨；电，划破长空。

"长风剪不断，还在树枝间"的蝉鸣伏在七月的枝头，时而如疾风骤雨，时而如百音和鸣，时而气若游丝，时而激烈壮怀……它带着乡土气息，用对生命的永恒歌唱喧沸了夏天。

瓜田里，那胖嘟嘟圆滚滚的西瓜，散发着淡淡的瓜香。那切开的西瓜如同一张张笑脸，黑润的瓜子儿如同一个个故事，装点着鲜红的瓜瓤，给人以清凉的臆想。

农人把太阳的炙热揉进汗水，把晶莹剔透的汗珠挂在草尖上，把自己绽放成一朵古铜色的夏花，用来扮靓渴盼丰收的憧憬。

大街上，飘逸的长裙与五光十色的太阳伞相映成趣，恰似一朵朵流动的彩云，扮靓城市的大街小巷。

七月承载着送夏迎秋的使命，让夏天闭幕的同时，又拉开了秋天的序幕。既有如火如荼的炙热，也有梅雨潇潇的凉爽，在跌宕交融里坦承着生命的内涵。

# 八月

八月乘着桂花的缕缕香韵，延续着七月的热烈奔放，横跨在夏秋两个季节交替的接口，把绿色的情韵泼墨成斑斓的辞章。

季节的阳光翻动色彩的手掌，成功让葡萄脱掉青袍，换上紫装，让一个即将成熟的果实翘首以待。

季风吹开质朴的花朵，那些薄如蝉翼的或雪白、或绯红、或绛紫、或米黄色的棉花花朵，摇曳在风里，沐浴着八月的阳光雨露，拽着日趋饱满的锥形棉桃，从桃嘴一直滑到桃尖，直至脱落入泥，书写自己一季的繁华。芝麻花以淡雅的色调与涌动的暗香，吹开大地的期望，走过了夏季，依然在八月里节节向上，步步登高，一路攀升对生命的希冀。

是谁蘸了阳光最炙热的火色？把青稞上的穗头一点一点烧红，想赶在九月里雕饰成千万火把，于青纱帐之上笑对天歌。

玉米扭动着腰身，把别在腰间的心事，用一束由浅红到深褐缓缓过渡演变的丝线，牢牢拴住，膨胀着日渐饱满的欲望。

八月的天空犹如一泓无痕的秋水，明朗、恬淡、深邃、高远。苍劲的绿色里渐渐泛出黄韵，日渐成熟的画面成为八月里一道迷人的风景。

# 九月

在一个雾起的日子，秋意悄悄潜入了绿叶，九月便乘着一缕清风悠然而至。

九月聆听着秋日的私语，拂去夏日的狂躁，弹唱起岁月的歌谣。缕缕秋风擦拭得九月的天空湛蓝而高远。

九月的风，像一个神奇的丹青妙手，泼墨出一帧多彩的图画：紫红的葡萄美若玛瑙，橙黄的柿子高挂树梢，金黄的玉米龇着牙笑，洁白的棉花仰天长啸，火红的枫叶醉得随风飘摇……

几粒清脆的鸟鸣，和着树叶的击掌鸣唱，谱一曲九月的挽歌。

向日葵把太阳赐予她光辉一圈圈闪烁。她谦逊地低下了殷实的头颅，那模样醉了秋天，浓了秋意。

那站在水湄的素朴女子，吟唱着"蒹葭苍苍，白露为霜"的歌谣，随风飘摇的花絮，像金箔、银箔迎着阳光在波浪上舞蹈，让原始的荒芜流光溢彩。远观，如万千森林之鸟，浮出芦海，在苇尖上欢腾跳跃；近看，硕大的芦花如羽，如万千精灵在悠然舞蹈。

雷声在秋分时节收敛了往日的放浪形骸，在九月里慢慢变得沉寂而温驯。

收割和播种将九月瓜分。秋分锋利的刀刃轻轻一挥，秋天的庄稼便纷纷倒下。农人把种子和汗水储蓄到秋分的账户上，等着向来年索要利息。

九月不仅仅只是一个月份，它是一个季节。当你在月光如水的夜晚感觉到寒凉时，九月就跨上了十月的门槛，和你挥手告别。

轻弹岁月轮回的曲谱，期待在下一个九月里放歌。

# 十月

十月，铺开了一个"万山红遍，层林尽染"的金色秋天。

十月的神韵，让日子排列成秋日的竖琴，秋风、秋雨、秋霜、秋露、秋叶、秋菊、秋雁……秋天的音符撒播开来，从天空流泻而来，漫过枝头、田野和村庄，婉约成季节的诗行。

迁徙的候鸟衔走这个季节的绿色，霜降染白了季节的鬓发，在树梢和草尖上镀上一层盐白的诗句，将日子调染得凝露似霜。

萧瑟的秋风如洞箫横吹，吹得层林尽染。在阳光下，那些黄显得那么清高、纯粹，又动人心魄。树叶一如黄色的蝴蝶抱紧枝头，随风而舞。

十月的阳光，安详而温暖地普照着大地，催促谷物加快回家的脚步，临摹出一帧十月乡村的风景：房檐下金黄色的玉米，粒粒排列有序地杜撰着自己的神话；火红的辣椒以古朴而原始的方式，成串地挂在廊柱上，如同一挂挂等待点燃的鞭炮，沉淀成季节感恩的绝句。

大片大片的黄土地并没有因为孕育出累累硕果而变得虚脱，每一粒泥土都小心翼翼地收藏起阳光，备下来年的活力，为种子准备温暖的产床。农人们在渐行渐远的秋色里无限依恋地伫立田间，悉数着那些在黄土地的情结，把希望播种，把感恩扦插，把爱恋嫁接，然后用汗水浇灌，用真诚施肥，用辛勤管理，用喜庆迎娶来年的丰收。

在这秋意正浓之时，月季收起了红彤而醉人的姿容，秋菊打破这个季节的空落，独树一帜，舒展着嫩黄的金钩，迎着十月的朝阳，在薄薄的秋雾里绽放，为这个沉甸甸的季节带来纯美的联想，为万花凋零唱一曲挽歌。

秋天把沸腾的热血都倾注于枫林，让那"红于二月花"的枫叶，在十月里奔腾成团团燃烧的火焰，用以诠释浪漫，蕴含憧憬，凝聚激情，升腾自信。

如果人生的季节可以选择，我只想与十月一起放歌。

# 十一月

十一月一手牵着秋天，一手扯着冬天，从秋天的谢幕里，一步就跨进了冬天的门槛。在季节行走的情韵里，以庄严肃穆的姿势，摄取满地流动的寒色。

秋意在十一月里甩着尾巴，用季节的笔墨把山林树木渲染得色彩斑斓。如若乘车去赏秋，把车窗当画框，无论在哪一个静止的瞬间，无须刻意取景，如实地用画笔临摹下来就是一幅不错的秋意风景画。

枫叶透着高洁，以红色显示着生命的灿然，如同火焰般地点燃季节，独领风骚。

法桐叶子在十一月里，沧桑、枯萎的同时，却有了油画大师刻意渲染的效果：绿中带黄，黄中透褐，色彩素朴。片片秋叶梦想着恣意地占据枝头，却抵不过初冬的风霜，如同小鸟伸展着翅膀，轻柔地缓缓滑下，平铺于地面，待阳光一点点掠走水分，干枯地将叶边翘起，静伏在路边或草坪，哀伤地把留恋倾注于目光，与大树的凝视对望，在"落叶归根"的慰藉里，期待下一个春天。

十一月，玉竭凝霜，百花摇落，色损香消，唯有菊花打破季节的空落，暗香浮动，含苞吐蕊，斐然独秀，用迷人的色彩，凝成霜的精魄、露的灵魂，在风中舞蹈着，摇曳岁月的风韵。

麦苗用羸弱之躯，点播绿色的诗行。清晨，每一棵麦苗都虔诚地把露珠举过头顶，在阳光的照射里让十一月流溢出诗意。

大地被一层轻纱笼罩，那淡淡的烟云在浓雾里弥漫，让一切都变得诗意而朦胧。

立冬如期莅临，季节抖落了满身的秋意。风开始了怒号，尖叫着，掠过树梢，拍打着屋脊和窗棂。小雪用节气的魔手拦住了雨点，把它揉成素洁的雪花，令她以飞舞的姿势闯入季节，书写冬天的童话。

十一月的夜风，和着一夜的霜降，萧条了冬天。此时，枝梢不再需要叶子的招摇，叶子也不再需要靛绿和橙褐。风中的小草不再眷顾踉跄的秋虫，耐心地将身子伏低，再伏低……

十一月，我借来鸭鹅的羽绒隔离冬季，用蕴藏的热能捂热冷艳里的希冀。


# 十二月


十二月站在冬天的枝头，在岁月的年轮里，以岁尾的姿势，去牵手下一年的轮回。但无论它怎样行走，都复制不出一个完全相同的十二月在光阴里行走。

在十二月的坐标里，没有小溪的弹琴，没有百鸟的鸣唱，没有蜂蝶的舞蹈……十二月让落叶植被脱掉绿装，让花儿卸去彩妆，让树木在风中嶙峋抖动，让天空彰显寂寥和高远，让大地袒露真诚和安详，让我们感受了"千山鸟飞绝，万径人踪灭"的沉寂……

这个十二月，寒冷跟我们捉迷藏似的大隐小现，暖阳让我们疑心上苍错把春秋的温润植入了冬的灵魂。

平铺的阳光和凛冽的冬风一遍遍检阅着麦苗，麦苗瑟瑟，战栗着冻僵的身子，渴望一场铺天盖地的大雪捂热冰冷的身躯，而后再静下心来，细心计算出主人的辛劳，来年将付给他们多少回报。

梅花坐在十二月的枝丫间，抓住短促的阳光，抖落一身清香，以傲霜凌雪的姿势书写季节的诗行，把生命的隐语悄然绽放。

大雪的节气里，却没有飞舞的雪花来擦亮我们的眼眸，沉积了一年的尘污期待一场纷纷扬扬的大雪，来粉饰一个银装素裹的世界，打破冬日的沉寂。

冬至，是低温遍地盛开的节气。按照北方的习俗，我们怕冻掉了耳朵，吃些饺子，让那聚集的能量，把黑夜一点一点地挤短。

勤劳的菜农把汗水洒在了温室大棚，一粒粒汗珠在温室里疯长，反季节蔬菜，涂抹着冬季的空白，徒添季节的生机。

修整了一年的情感在十二月的末尾走出，手机短信和网络问候代替了以往飞来飞去的贺年卡，点亮了这个冬季的荒芜，在寒冷中演绎温情。

十二月，在温室里，农人们精心培植着新绿，为下一个新的轮回献礼。

第二辑：走在北海老街上

## 走在北海老街上

在古老气息的氤氲弥漫里，双脚踏在北海老街青石板路上，凝望着布满苔藓的百年骑楼位列大街路两侧，我分不清自己是在回到故乡的梦里，还是真实地置身北海老街上。

北海老街始建于一八八三年，是一条历史气息浓厚的古老街道，清一色的二至三层的骑楼式建筑，烙有中西合璧的深深印迹。墙壁上那或浓或淡的苔藓，是时光烙下的印迹。那些收藏在或深或浅烙印里的古老故事，静默着对峙时间，耐心地等待着人们的赏读。

一缕阳光将心事拉长，我试图从斑驳的阳光里寻觅古人的踪迹。骑楼洞开着的门扉，好似漫不经心地提醒我们，曾有一代又一代的古人在这里走过了人生的光阴，演绎了自己的人生故事。我们今天在老街上的一呼一吸，一颦一笑，一举手一投足，或许都在重复古人曾经的一切。伸手触摸门环上锈迹斑斑的铜锁，无疑也叠合了古人的手迹，让我感觉自己似乎穿越了时空，与他们握手言欢，与他们对面畅谈，与他们进行心灵的对白。

青石板铺就的道路平坦整洁，那些青石早已不再是两百多年前的青石，有些骑楼也已经过了后天的加固或翻修。可老街上那留在光阴里的过往，雕刻在时光的深处，成为后人们百读不厌的历史。

光阴荏苒，这百年老街将曾经的繁华与诗意都根植在光阴深处。如今，除了几家稀稀落落的店铺还在经营外，其他店铺或已闲置，或已成为住户。街道建筑也日渐老化，由于珠海路尚算保存完整，仍被历史学家和建筑学家们誉为"近现代建筑年鉴"。著名作家舒乙（老舍之子）认为，珠海路和新加坡国宝级的老街一模一样，建议当地政府保护好那条极具开发价值的老街。英国建筑专家白瑞德先生认为，珠海路的历史文化价值，不仅对北海有意义，而且对华南地区、全中国，乃至全世界都有意义。加拿大蒙特利尔市前市长皮埃尔·布尔克曾建议北海向联合国教科文组织提出申请，将珠海路作为世界文化遗产来保护。

行走在北海的老街上，呼吸着古朴的气息，闻听着大海潮涨潮落的声音，赏读着那斑驳的墙体上记载着的光阴故事，凝目着那一幢幢古老的骑楼在时光里静默，恍惚间如同走到一幅古画里，让我忍不住把当时的情景与《千字文》中"天地玄黄，宇宙洪荒。日月盈昃，辰宿列张。寒来暑往，秋收冬藏。闰馀成岁，律吕调阳"的句子联系在一起，继而又联想到自己的故乡。我一边机械地行走，一边茫然地逡巡——在北海老街上寻觅自家的老屋。当我的目光被"北海"的字样刺痛时，我这才猛然间从痴迷的梦中醒来。我摇摇头，不禁哑然失笑——自己的家乡与北海老街远隔千山万水，在这北海老街的骑楼中，我怎么能找到自家颓废的老屋？这大概是北海老街的古老气息诱发我的思乡情结使然吧！我想，面对这古老街道，定会有不少的游客一如痴迷而茫然的我，不经意间就陶醉在这旧时光里，体会到了一种亲切感与归宿感。

行走在北海老街上，我尽情地享受着回归故里的亲切感，与此同时，内心却又泛起隐隐的忧伤——在经济发展突飞猛进的今天，城镇化建设日新月异，不知道有多少乡村在现代化的格式化陷阱里，没有了老村庄，没有了老街道，没有了老牌坊，没有了老房子，没有了老家……所有的一切都在进退失据。长此以往，我们拿什么来见证曾经的老时光，又拿什么安放我们的灵魂？

# 秋游神农架

多年以来，"野人"的神秘传闻，令我对神农架充满无限向往。今天，终于在这个霜凝秋冻的季节里，踏上了神农架的圣土，融入了神农架的情韵里。

神农架之神奇和古老，在于她的气势磅礴和博大精深。相传因炎帝神农在此"架木为梯"上山采药而得名。有资料显示，神农架在亿万年以前，曾是一片汪洋大海，经过亿万年的造山运动，才使得她隆起成为现在的"华中屋脊"。这里海拔超过三千米以上的高山就有六座。由于特殊的地理环境，神农架成为第四季冰川时期各种动植物的避难所和栖息地，她几乎囊括了北自漠河、南自西双版纳、东自日本中部、西自喜马拉雅山的所有动植物。因此而被世人誉为"物种基因地""天然动物园"和"绿色宝库"。古今中外，不知道有多少专家学者到神农架揭秘探险，有多少丹青妙手到神农架泼墨挥毫，有多少文人墨客到神农架吟文赋诗，有多少游人侠客为神农架情醉神迷。

突兀于华中地区的神农架，重峦叠嶂，谷深壑险，群峰苍翠，林海苍茫，溪流纵横。她是以秀绿的亚高山自然风光、多样的动植物种、人与自然和谐共存为主题的森林生态旅游区。其主要旅游景点有神农顶、风景垭、板壁岩、瞭望塔、小龙潭、大龙潭、金丝猴岭等。

站在大树之下，落叶纷至沓来，那些无名的野花、野草、野果都卑微地染满秋色，渲染着神农架层林尽染、五彩斑斓、美不胜收的情韵。以葱绿的巴山冷杉为代表的常绿乔木赋予了神农架勃勃生机，火红的枫叶点燃了神农架的激情，金黄的野菊花点缀着神农架的妩媚，浅黄的落叶松平添了神农架的魅力……无论技艺多么高超的调色大师都调不出神农架之秋的色彩，无论多么非凡的神笔妙手都画不出神农架之秋的神韵，无论多么博学的语言大师都描绘不尽神农架之秋的美丽。置身于秋天的神农架，如同融入仙境，给人一种"人在山中走，如在画中游"的神秘惬意之感。

置身于神农架的山脚下，我怀着一颗虔诚的心，撞响三通钟，擂响九通鼓，带着感恩的心，向自然始祖顶礼膜拜。面对这座气势恢宏、神奇瑰丽的自然王国，人显得是多么的卑微与渺小！来到神农架，如果仅是带着人类的好奇、乐趣和偏见而来探寻"野人"，这又是何等的幼稚和可笑？

仰望千年衫王古树，她并不显老态，依然枝繁叶茂，风姿绰约，生机勃勃，直抵云霄。她不像树中的垂垂老者，而像伟岸的树中壮年。树干要六七个成年男子合抱才能围住。我们带着"大树之下好乘凉"的祈愿，虔诚地绕树而转，用手触摸那已经被游客触摸得油光锃亮的裸露树根，期盼千年衫王能赐给我们灵气，让我们把平安、健康、幸福和吉祥都一起带回家。

神农谷的山涧里，弥漫缭绕的云雾交织在一起，形成了变幻莫测的云海。那像雾、像雨、又像风的奇妙风景带着神秘与妖娆，令人如入了仙境般陶醉，那缥缈的云雾洗去红尘的世俗和浮躁，让思想沉淀，让灵魂升华。

脚踏神农架的圣土，感觉自己就是山的女儿，是"野人"和野兽的同类，是一个真正的"野人"，而那"野人"的秘密就聚集于自身。仿佛这里所有的山语、石话、树音、泉声、鸟鸣……一切有生命的东西都是诗，是画。在这里，哪怕是随意的一举手、一投足、一触、一碰都是画中的风景，是艺术的精魂，是真善美的化身。

我多想融入大自然的诗情画意，栖息在神农架的青山绿水之中，感受大山的谦逊，享受纯天然氧吧的滋养，与世无争，与人无争，与红枫一起共舞神农架的秋风，与松鸦一起叫醒神农架的黎明，与野人一起收割神农架天边的白云……

未曾离开神农架，就期盼能再次投入她的怀抱，领略她的无限风情神韵。

# 孔林从容

怀揣着对孔子的崇仰，对孔庙、孔府、孔林的圣洁情感，我和丈夫慕名曲阜而来。瞻仰了雕梁画栋、富丽堂皇的孔庙，游览了与国咸休、安富尊荣的孔府，又随着如织的人流，缓缓走进斜阳笼罩的儒家圣地——沉静博大、宽厚无言的孔林。

解说员娓娓动听的讲解让我们对孔林的历史沿革、重要墓地、建筑布局和丧葬文化有了一些了解。

曲阜孔林是一片人工森林，是孔子及其后代子孙的家族墓地，也是儒家弟子和孔家子孙实践孝道的场所。现存孔林面积三千余亩，墓葬十万余座，各类树木四万余株，碑刻四千余通，仅围墙就有八公里，被誉为世界上延时最久、规模最大的家族墓地。

孔林发展到今天这样的规模，与孔庙的情况相似，都是历代封建王朝尊孔崇儒的结果，都经历了一个不断扩充的过程。

孔子在世的时候，地位并不显赫，死后却被不断追加封谥，其子孙也一再被封赐，由君到侯到大夫到公，至宋仁宗将孔子第四十六代孙由"文宣公"改成"衍圣公",以至于这一封号袭封了三十一代,历时八百八十多年,远远超过了任何一个封建王朝,成为我国封建社会享有最大特权的贵族,既不受改朝换代的影响,还随着王朝更替而享有更多的特权,得到更多的封赐和荣耀。五代时期,"衍圣公"官阶相当于五品,元朝晋升为三品,明代便跃升为一品,地位仅次于丞相。清代,衍圣公不但位列阁老之上,皇帝还特许他在紫禁城骑马,在宫中御道上行走。由此可见,孔子千百年来的光耀和影响。孔氏家人都为死后能葬于孔林而倍感荣贵,这便有了孔林中的坟上加坟,墓上加墓,官(棺)上加官(棺)。

我们沿着悠悠神道,走进孔林,感受着孔子遗泽的绵长和儒家思想的恒久。

观光车载着我们游览孔林,一种前所未有的空旷、古静与悠远迎面而来,顿然洗去了红尘的俗气与喧嚣。但这里毕竟是墓地,刚开始的时候,还有一种凄凉、悲楚的感觉,慢慢地体会着这里也有繁花盛开、百鸟鸣唱的生生不息,纵然悲伤也变成了看淡生死的从容。

孔林里万木掩映,碑石林立,石像成群,成为名副其实的碑林!一路土坟如浪,石碑似林。纵然是儒家圣地,孔林的秋天也免不了叶落花凋,秋风萧瑟。地上随风摇曳的凄凄衰草与秋风中飘荡的几粒鸟鸣,更衬托出一副荒凉的秋色。静静的坟场中,曾经都是一个个鲜活的生命,每一个生命都曾有过一段完整的人生故事,这里的故事要多过人世间。没有想到,他们死后,竟不分时代地在这里拥挤着、聚集着。是他们旧情难却,挤在一起排遣阴世的空寂与落寞?还是他们的子孙惜土如金,觉得这样便于祭奠?就这么一代代地倒下,一代代地掩埋,一代代地祭奠。无数曾经灿烂的生命在这里造就凄凉,无数曾经鲜活的面孔凝成悲惨,在这里定格,在这里上演。由此看来,死是永恒的归宿,是世人永远也逃脱不了的主题。

干涸的洙水河挟裹着两岸的枯草败叶，和着前来瞻仰的人们"不敢高声语，恐惊长眠人"的心境，像一串静止的音符，静穆地横亘在那里。

走下洙水桥，就踏上了孔子墓的甬道。甬道两侧既有高耸的"天门"标志的望柱，也有温顺善良的文豹，还有人们想象中的怪兽角端以及传说中威震边疆的秦代骁将翁仲，他们在这里夜以继日地为孔子守墓。

一座硕大的圆顶土丘，上面铺满秋日的衰草，这便是孔子墓。墓前有两块石碑。前面的为明代所立墓碑，上面赫然篆书"大成至圣文宣王墓"；后面的为元代所立墓碑，篆书"宣圣墓"三个字。两块墓碑皆为孔子的封号。

孔子墓是孔林的核心。孔子墓的东部是其儿子孔鲤的墓，正南面是其孙子孔伋的墓，这种墓葬方式构成了俗称的"携子抱孙"的墓葬格局。

孔子三岁丧父，生母孀居，内无名分可依，外无资斧之助。他是在母亲的泪水、屈辱与希冀之中成长起来的。十五岁便开始了对学问的真正追求；十九岁娶妻生子，成家立业；三十岁设学授徒，垂教诸生；年过五旬从政，先后担任鲁国的委吏、乘田、中都宰、司寇等职；后来周游列国，却是步步维艰，处处碰壁；在备受冷落之后，晚年只得退而修书。孔子的一生坎坷激荡，风云变幻。但也正是这些磨砺，在造就了不幸孔子的同时，也成就了永远的孔子。如今，一抔黄土掩风流，把孔子一生的宏图大愿和沧桑悲凉都尘封在这座土丘之下。

怀着久仰的心情，静静地站立在孔子墓前拜谒沉思。孔子生前是一个典型的文人，是一个一生不得志的失意者，却在死后被人们供奉，尤其是被封建帝王一再擢升，直至被称作"文宣王"。是他首创的思想成就了他？是汉朝董仲舒的一纸奏折神话了他？还是他头上的封号成就了他？如果孔老夫子地下有知的话，他该是一种怎样的心态？

孔子死后，弟子们把他葬在这里，筑起坟头，然后，"各以四方奇木来植"，并为孔子守墓三年，更有子贡结庐守墓六年不辍。在此期间，子贡还在孔子墓周边种植树木。现存的一棵早已枯死的古树根，据推断就是当年子贡亲手栽植的珍贵树种——楷木。后人以此来纪念子贡，树立尊师重教的典范。

观光车一路悠悠缓行，解说员滔滔不绝地翻阅着历史。一个个历史人物在这里被阅读，一段段历史故事在这里被翻开，一处处风景在这里被游览。

悠悠孔林，参天古树在这里经历着历史的风雨，阅读着人世的沧桑，从过去到现在，依旧耸然傲立，盘根错节，虬枝嫩叶，蔚然壮观。

离开孔林时，暮鸟回旋，秋寒渐起，一抹残阳从西边的天际洒下缕缕金辉，给郁郁葱葱的林木添加了一层静穆和神秘，蕴含着一种无垠的壮美，旷远博大，古老深厚。

历史从容，孔林从容，人生从容。

# 青年湖四季风韵

青年湖像一块碧玉，镶嵌在菏泽城的西南部，她又像是菏泽城明眸善睐的眼睛，透射出菏泽城的曼妙风韵。历史上的青年湖由筑城取土而成，现存水面一百五十余亩。经一九七八年以来的几次施工，现已建起小码头、佳景亭、湖心桥等秀美景观。青年湖环境清幽，石拱桥与湖中的凉亭相映成趣。曾有诗人赞叹："莫道曹州无山水，青年湖上景阑干。"

## 春

春天的青年湖是一幅画。她以春风为笔，春水调墨，绘制出一幅春湖的绝美画卷。

当迎春花料峭了春寒，湖面上的冰渐渐消融。岸边的垂柳摇曳着婀娜的腰肢，抽出鹅黄，向绿渐渐蔓延着随风舞动春天。那随风而舞的枝条，宛若少女飘逸的长发，曼妙地倒映在水里，仿若一幅天然的水墨长卷，秀美了青年湖的春天。

春风如同一个俏皮的小姑娘，她边走边舞，舞动的脚步，踏碎了平静的湖面。她一路欢笑，一路把满湖的碧水朝一个方向赶动着粼粼波光，用春风戏水的柔情，唱响了碧波春水的歌谣。

在冰下沉游了一冬的小鱼儿，欢快地浮到水面上嬉戏，时不时地悠然吐着气泡，跃出水面，一边张望着春天，一边感受水外的呼吸。

南来的春燕呢喃着，轻盈地扇动剪刀般的翅膀，贴近水面飞翔，时不时地亲吻自己倒映在水中的影子，顽皮地掠过水面，在湖的腹地画起一道优美的弧线。

# 夏

夏日的青年湖是一首诗。她用"接天莲叶无穷碧，映日荷花别样红"的画意作为夏湖的平仄韵脚。

那在荷尖上立了千年的蜻蜓，此时又立在荷的花蕾之上，让人忍不住随古人一起感叹着"小荷才露尖尖角，早有蜻蜓立上头"的诗情画意，赏读青年湖夏日美不胜收的美丽。

荷丛中、荷叶下，偶尔有鱼蛙跃出水面，荡起圈圈涟漪，涟漪如同颤音般地扩散开来，荡漾着碧荷，荡起一湖的诗情画意，平添了夏湖的灵动之美。

殊不知这荷叶田田、荷花朵朵的灿然，愉悦了多少人的心情，装点了多少人的梦境，引来了多少人用相机把这美不胜收的画面定格成永恒。

酝酿了一春的盈盈湖水在阳光的照射下，波光潋滟，像是给湖面铺了一层闪亮的碎银，又像是被揉皱了的绿绸缎，这夏日独有的美景，仿若让人恍惚间就误入了仙境。

夏季是个多雨的季节，大点大点的雨滴滴落在湖面上，溅起朵朵水花，激起无数的水泡，荡起一圈圈的涟漪。风雨雷电挟裹着青年湖，她从容地接纳它们，再造它们，把它们锤炼成一道美丽的风景。

## 秋

秋日的青年湖是一首歌。她用一碧秋水弹奏起秋湖的旋律，吟唱一曲优美的秋湖之歌。

秋风萧瑟，染黄了垂柳的衣衫，片片黄叶在秋风与寒霜的催促之下，无奈地离开枝头，凄凄然地旋转飘零，悠悠然地落到湖面的粼粼波光之上，如同点点的彩帆，装点着秋湖的烂漫。

红火了一夏的荷田，经过秋风和霜冻的摧残，退却了红花绿叶的所有鲜艳，换来颓废的褐色与枯萎，可它依然用"出淤泥而不染，濯清涟而不妖"的气节，高举着一柄柄荷茎。殷实饱满的莲蓬压弯了莲茎，秋风吹动，枯荷随风摇曳而舞，没有幽怨，没有哀伤，欣慰着自己已将秋实孕育在淤泥之中。

湖岸的寂寞滩头上，芦苇脱掉了夏日的青葱绿衫，换上了浅黄的外套，抖落肩头的光阴和鸟鸣，用一头白发舞动秋风。此情此景，让人禁不住想起《诗经》的《蒹葭》里"蒹葭苍苍，白露为霜"的千古风情。

## 冬

冬天的青年湖是一支舞。她用冰雪纯洁的主旋律曼妙出青年湖的冬韵之美。

雪是冬天的精灵。未结冰的青年湖用恬静迎接飘舞的雪花，欣欣然将她揽之入怀，悠悠然将她融入其中。随着雪越下越大，雪花漂白了湖岸，用素洁圈起一汪碧水，给人以童话般的纯美遐想。

在飘雪的日子，依然有钟情的垂钓者岿然不动地坐在湖岸边，让飞雪把自己塑成一尊晶莹的雕像，营造出一种真切的"孤舟蓑笠翁，独钓寒江雪"的意境。

冰冻三尺的日子，湖面如同一面冰雕的镜子，远远望去，白茫茫的一片，在阳光下闪着清冷的寒光。此时的青年湖便成了孩子们的天然溜冰场，他们在冰湖上或单独或结伴地旋舞着轻盈的身姿。虽然是冰天雪地的时节，他们却用狂欢温暖着冰上的日子，在冰湖上书写着温馨而美好的童年。

青年湖以饱经风霜的淡泊将一切芜杂净化为灵光，用最原始、最质朴的感情感动着我们。在她温暖的怀抱里，我以一颗小水珠的方式聆听着她柔美的旋律，心也随之律动。在青年湖的歌谣里，总有一个音符是我跳动的心音。

青年湖的四季风韵，已深深地融入了我恒久的记忆。

# 走近张家界

### 一

雾霭缥缈，如幻如梦，笼罩着三千巍峨雄峰，缠绕着浓郁茂密的森林。人在酣睡，山在酣睡，树也在酣睡，雾却醒着，缭绕弥漫于山峦之间，赶在太阳升起之前，迷蒙山之空灵，浸润林之苍翠，陡添峰之神秘。

曙色喷薄的朝晖，似万把利剑直戳雾的妖娆，雾知趣地隐藏起妩媚，收敛起缭绕，隐匿于山林。苍茫的山脉和叠翠的群峰，沐浴着清晨的阳光，开始谱写新一天的篇章。

### 二

奇峰三千，保持着头角峥嵘的独立，瘦骨嶙峋，巍峨挺拔，危崖崩壁，诸多山峰都拒绝了从猿到人的一切足迹。

目光一点点掠过诸峰，但见那似人、似物、似鸟、似兽……形态各异，浑然天成，让人不得不感叹大自然的鬼斧神工，天机独运。

秀美的群山带着历史的沧桑，从亘古的烟雨中踏浪而来，站在坚实的大地上，用植骨的脊梁，担起历史的重任，用灵魂紧贴大地，堆垒起千百年的秀色，如一帧精美的山水长卷，装点着张家界无垠的美丽。

## 三

漫步曲径通幽、空气宜人的林间小道，攀登气势磅礴、云雾缭绕的奇峰异石，泛舟山水一色、水波荡漾的高峡平湖，在张家界读树亦是一种乐趣和享受，然而，要读懂这些树却又是那么地不容易。

仰望那峭壁千仞上气势磅礴的座座翠峰，无不对那里的绿树发出感慨，每尺瘠土，必定有苍松或翠柏，挺拔笑傲人寰。

山巅上、石缝中、绝壁处那一株株苍翠多姿、刚劲挺拔的树，当初也许是随风吹落的一粒树种，也许是飞鸟嘴里遗落的一根枝条。栖身之地没有植根的土壤，没有浇灌的渠水，没有生长的养分。在阳光的沐浴下，在雨水的冲刷中，依然挺起绿色的脊梁，伸展出碧绿的枝杈，尽情地为大自然铺展一片又一片浓郁的绿色。

## 四

山溪间潺潺的流泉，抖动着清澈如玉的涟漪，闪烁着嬉戏追逐的浪花，用优美的音符，弹奏着大自然的心曲，唱响了清澈的歌谣。

每一朵浪花，每一滴秀水，都清澈澄明，折射着粼粼波光。碧水含秀，映照着群峰的苍茫。

山映照在水里，水流淌在画中，如同一幅浑然天成的山水长卷，在大自然里灵动着真实的美感，让人无不感叹大自然泼墨的神奇。

## 五

天子山用一只长长的铁手臂，托起南来北往的游客，把岁月尘封在天子山的记忆、动人楚楚的故事、迢迢绵绵的爱和如诗如画的秀美，毫无保留地让游客一页页地翻阅，一章章地吟诵，一篇篇地品读……

群猴的嬉戏，桐车的旋转，鸟儿的鸣叫，土家姑娘的歌声，烟雨中动人缭绕的故事……天子山多彩多姿的旖旎，无不激起游客无限的眷恋，唤起游客无穷的回味。

多情的天子山索道，你这大山的长臂，把张家界"一山有四季，十里不同天"的神奇于幻梦的烟雨中，雕琢成大自然的千古杰作，定格在游人的记忆里。

## 六

张家界，你是一部真正的自然大书，一部人与自然生息的经典之作，用山之巍峨、林之苍翠拂去人的浮躁，净化人的灵魂，让人百读不厌。

仰望张家界绿色的向往和高洁，会让你感觉到，这里是一个没有喧嚣和尘埃的世界，是一个没有失望和欺骗的世界，是一个没有俗气和冷漠的世界。品读她的博大精深与宽容厚重，让人感到生命与灵魂的温馨、情感和憧憬的神圣。

张家界，走近你，就走进了神圣的灵魂净地。

## 斑驳的官路正街

　　一夜的绵绵秋雨之后，空气格外清新。我和三个女同事挽着这雨后的清新，跟随旅游团来到江西省上饶市婺源县汪口镇汪口村的官路正街，在婺源这"中国最美乡村"的街道上，聆听历史的回音在空中回旋。

　　"官路正街"是沿河而下的一条弯月形千年古街，全长六百七十米，全部是青石板路面。原来的商铺林立两旁，像千手观音似的向左右伸出了十八双"胳臂"，这就是分列于古街两侧的三十六条古巷。由西向东沿街漫行，你会看到一经堂、懋德堂、大夫第、养源书屋等名宅古屋。经由正街左侧的任何一条古巷，你都可以信步到永川溪的水边，直达溪下埠头。

　　二十一世纪的皮鞋或运动鞋印在千年古街的青石路上，踏响的不都是历史的回音。这取决于历史对现实的触动，以及我们对历史的兴趣。透过历史的烟云，沿着光滑的青石板路寻觅着商贾的足迹，在粉墙黛瓦的古屋前倾听岁月的诉说，我们仿佛看到了古人走下码头，肩挑背扛着货物云集于此，那来来回回的身影像是穿越了时空，与我们接踵擦肩。

"商铺"的青砖倾听着历史的回音把记忆刻进斑驳的墙体，黛瓦摇曳着苔藓和瓦上草的日子梳理着一寸寸的光阴故事。岁月的辙痕早已碾碎了街上的青石板，街身也早已凹陷，一如老人干瘪的脸，五官歪斜。但那些鳞次栉比的徽派商铺，关闭了历史的嘴角，依然用青砖黛瓦顽强地支撑着，墨守着心中的千言万语，续写着历史的风韵。

　　我们在历史的短叹长吟里于古街上流连，昔日琳琅满目的商铺早已隐退了曾经的繁荣。如今，大多"商铺"都以铁将军把守，一些敞开着门的"商铺"里，磨得光滑的条状木地板折射出岁月的沧桑；古屋内摆放着的冰箱、彩电、空调、音响、电脑等现代化家电与古屋格格不入，挑战着古老的历史；古屋内传出的爱死爱活的流行音乐，在古街上招摇地回荡，让传统历史羞愧得面红耳赤，低头不语；石板路上斑驳着的汽车、电瓶车、摩托车、自行车等留下的车辙和油迹，一层层覆盖着古人木制独轮车的辙痕；街上一些身着时装来回走动的女子，抑或是在"商铺"里玩着扑克或麻将的女人，颠覆了女人足不出户、古街不见女人身影的历史……整条古街都兴奋在趾高气扬的时尚之中，让历史无奈地低下了头，闭目养神起来。

　　透过古巷，一眼就会看到永川溪内的清澈碧水打破"一江春水向东流"的铁的定律，川流不息的东水西流唱着碧水汪汪的歌谣，沿着村落南侧浩荡而去。这条徽商心底的"倒淌河"曾经牵动了文成公主的九曲回肠，引下了无数古今游子的簌簌清泪，从而蜚声海内外。在明清两代，这里商贾云集，素有"草鞋码头"之称，是徽商走出大山的出口。如今的永川溪早已让原有的水路运输的功能退出了历史的舞台。

　　官路正街东段北侧与永川溪隔街相望的俞氏宗祠，始建于清代乾隆年间，距今已有二百六十多年的历史。它是江西省重点文物保护单位，也是俞姓家族的骄傲。俞氏宗祠以细腻的雕刻工艺见长，雕工精巧，图案精美；鸟兽人物，呼之欲出；渔樵耕读，形态逼真。虽然绝大部分雕刻在"文革"中历经劫难,却仍保存完好,堪称"艺术殿堂""木雕宝库"。

行走在斑驳的官路正街,秋风拂面,把天空托到最高处,同样也把心擦拭得像蓝天一样空灵而高远。拨去烦冗,该留下的依然坚守着固有的姿态,该消失的默默地让时光淡漠着记忆,一切都是那么从容……

# 瞻仰包公祠

从小看着戏剧《铡美案》长大，脸谱化了的包公那不畏强权、执法如山的高大形象，如同他眉宇间的一钩明月，照彻我的心灵，令我对其若神明般地敬仰。

循着初夏的阳光，怀着对包公的崇仰之情，慕名七朝古都开封而来，瞻仰了包公祠。

包公名叫包拯，百姓称之为"包青天"。历来人们用执法如山、铁面无私、关心民苦、为民请命、努力改革、兴利除弊、严惩贪污、廉洁清正等词语来褒奖包公。

包公祠是为纪念包拯而修建的祠堂，位于开封城西南的包公湖畔。它是一组气势恢宏，风格古朴凝重、肃穆典雅的仿宋风格的古建筑群。占地一公顷，由大门、二门、照壁、大殿、二殿、东西配殿、半壁廊、碑亭、灵石苑、假山等组成。古色古香的殿堂亭阁，翠环绿绕，掩映于包公湖环抱的空蒙、碧澈与波光粼粼之中。

包公祠的大门，以蓝、白、绿为主色调，诠释着崇尚俭朴、不求奢华的风格。一副"春秋有序，人民不亏时彦；宇宙无极，伟业尚待后贤"的楹联，以历史的高度评价了包公，同时也以现实为起点，期待更多的包拯来续写历史。

拾级登门而入，傲然挺立的苍松翠柏映入眼帘，清新浓郁的松香柏气扑鼻而来。朱墙碧瓦下，红红紫紫的月季凝珠结玉，含苞静开，用浓郁的芬芳氤氲着这殿堂亭阁。

于大门内张望，一座高大的嶙峋奇石奠基而成的玉色亭台飞檐翘角，在包公湖波光粼粼的映照里，辉映着这仿古建筑群的石雕百龙亭。亭下翠柳依依，苍翠欲滴，小桥流水、假山瀑布、精美石雕、嶙峋奇石……优美的景致，相映成趣，掩映如画。

二门即祠门的两边，苍松翠木掩映着戏曲里所提及的"衙门八字朝南开，有钱无理莫进来"的八字门，以此烘托包公的清正廉洁，鞭挞封建社会贪官污吏贪赃枉法、冤屈的人们无处告状的黑暗现实，让人们更加怀念和敬仰执法如山、铁面无私的包青天。"德昭古今"的匾额，正是对包公最好的赞扬和评价。

沿着青石小径，依花傍柳走进大殿，幽幽华光之下，袅袅香雾缭绕之中，一尊蟒袍冠带、端坐于方背靠椅里的包公铜像，端庄肃穆，颈正如松，巍然如山，格外引人注目。包公方面阔额，长髯飘胸，一幅凛凛不可予夺的威严仪容，一手扶椅，一手握拳，在平稳自然的虎威中似乎有一种让人感到呼之欲出的动势、威力与浩然正气。这是集历史、思想、艺术与传说于一体的包公形象的写照。

仰望着包公如山岳般坚毅挺拔的身躯，任何人在他身边都会感觉到自己的卑微与渺小。他那燃烧如火、疾恶如仇的双眼射出的目光，锋利如剑，锋芒逼人，让那些阴暗、贪婪、凶残、虚伪、险恶之人昭然若揭，断然不敢走进包公祠，更不敢走近包公。

于《开封府题名记碑》前驻足，让人惊奇的是，碑上所记载的北宋从建隆元年起至崇宁四年止一百四十七年内，担任过开封府知府的一百八十三位官员的名字和上任时间中，唯独包公的名字模糊不清，缘于前来瞻仰的人们总是情不自禁地去触摸或者指点包公的名字，天长日久，竟在石碑上画出了一条凹痕，包公如此受世人的尊敬、爱戴、信赖和崇仰。

西展殿内，《国法无亲》《打銮驾》《怒铡亲侄》等一些壁画故事和一些模型、实物，生动形象地介绍了包公的清德美政。东展厅内，一组《铡美案》蜡像，按照与真人1∶1的比例，以真人的面部拓模，采用高级彩腊精制而成。人物形象逼真，神态生动，毫发俱现，把人物复杂的内心世界刻画得活灵活现：包公手托乌纱，无所畏惧，坚决要铡掉欺君罔上、杀妻灭子的驸马陈世美；皇姑、国太以手指着包公，盛气凌人，以权压法，试图救下驸马陈世美；陈世美自恃有皇权撑腰，虽被拿下，但仍不服气；秦香莲领一双儿女，表情凝重而复杂，流露出内心的绝望、凄凉、仇恨与对正义的渴望。包公面前三口铜铡：龙头铡、虎头铡、狗头铡。这三口铜铡分别铡犯罪的皇亲国戚、文武百官和平民百姓。那杀气腾腾的阵势，让至高无上的皇上和阴曹地府里掌管人生死的阎王都会望而生畏。《铡美案》以戏曲、影视等多种形式传唱了千年而经久不衰，充分体现了历代百姓对包公的爱戴和怀念，反映了人们对真善美的向往和追求。

包公的故事，从最古朴的京剧国粹到热播的电视剧，历经千年，人们百看不厌。那朱砂黑的铁面孔，那炯炯如炬、锋利似箭的眼睛，那宽阔的眉宇间光照青天的月牙，那包青天、包大人、包黑子、包黑炭、包相爷等的称谓，已经脸谱化了的包公，经过小说、戏剧、曲艺、评书、民间传说等多种艺术体裁的演绎，已经定型为世人仰慕的清廉使者的化身。包公一直活在黎民百姓心中，他已经成为一种象征、一种崇拜、一种信仰、一种希望。无论时间如何推移，无论王朝如何更替，无论社会制度、意识形态如何变迁，包公精神穿越了时空，突破了社会、阶级的局限，如青天明月闪耀着不朽的光辉，带给人们一种至高无上的美好信仰。

瞻仰了包公祠，包公精神让我更加崇仰，渴望千千万万的包公走进人间，共铸社会的和谐与辉煌。

## 大美如画通天峡

心怀对大山的景仰，晚秋的一个周末，我和几个同事相约一场说走就走的旅行——到山西省长治市平顺县一览通天峡大美如画的胜景。

走近通天峡，我们就被它那层林尽染的秋色陶醉了，满山遍野的缤纷色彩令人炫目：红的像火，黄的似金，橙的如桔，绿的若墨……令人不得不感叹季节调色师的伟大与神奇，她的手轻轻一挥，就将大自然调染得如此绚烂夺目，美丽如画。

秋风阵阵，将通天峡的天空吹得一碧如洗。洁白的云朵在湛蓝的天空飘逸着闲情，俯瞰着通天峡如画的秋色。满山遍野的秋花、秋草、秋叶仿若通天峡的音符一样，秋风轻轻一拂，就拨动了时光的琴弦，奏响了通天峡秋韵的旋律。

通天湖里绿树掩映的小岛上，青石板上的"猕猴谷"三个红色大字在阳光下熠熠生辉，让人不经意间就联想起有一些精灵般的猕猴戏耍攀爬于幽幽山林，为大山徒添了灵性与生机。此次行程，虽然未见到猕猴，但是，却看到一座形状酷似猕猴的山峰巍然屹立。它与一座形状酷似土地神的山峰隔空相望，俯瞰人间万象。两座山峰静静地矗立着，相望着，交谈着，无视昼夜交替，无视冷暖变化，无视季节循环，一站就是几千年，几万年，甚至是上亿年。

畅游通天峡，我们仿若走进了一座恢宏的地质博物馆，龙脊岭、乾坤大回转等处，那些保留了几亿年的地质地貌，向我们展现着几亿年来地质巨大变迁的缩影，也让我们领略了丰富的地质奇观。峡谷两岸，层层褐色的页岩或厚若书本，或薄如纸张。它们都按着自己的走向演绎着通天峡的地质地貌，一如一部厚厚的史书陈列在那里。或许，那层层页岩堆积的山峦，正是上苍把通天峡沧桑巨变都详实地记载下来，汇成了宏章巨制陈列在那里，等待着游客们将它的奥秘与历史解读破译。

大自然以水为刀，以山为材，雕琢了八百里太行大美如画的通天峡。

通天峡因了高山平湖、深潭瀑布、溪水潺潺而汲取了灵气，坐拥"北方小九寨"之称。无论是通天湖里的水，还是山涧瀑布的水，抑或是小溪流的水，每一滴水都清澈澄明，纤尘不染，让人有一种忍不住捧起来就喝的冲动。秋风轻轻掠过的湖面，波光潋滟，宛若一面硕大的碎镜面，折射着太阳的七彩光芒，水草、游鱼、鹅卵石，甚至是沉入水底的落叶，都清晰可辨地折射出水面。盈盈秀水与蓝天遥相呼应，营造了人们向往的无污染的原生态环境。

目光掠过空旷的幽幽深谷，投射在被称为天下第一屏的天然绝壁上，就像小时候仰视自家老屋的外山墙一样，一种说不出的亲切油然而生。注视的时间长了，不免又心生悲凉，让人联想起武则天的无字碑，想起那个一生都充满传奇的女皇——是她驾着大唐历史的车轮轰轰而来，又隆隆而去，却用一块蕴含着她广阔胸怀和伟大理想的无字碑作为最终的归宿，留下人们永远的"己之功过，留待后人评说"的感叹、骄傲与哀伤。难道，那光秃秃的绝壁就是大山的留白？是通天峡留给人们的无限遐想？

几缕轻烟袅袅升腾，带着禅意烟火的味道，将我们的目光牵引到别墅木屋。那天然木材建成的风格独特的木屋，以及悠悠飘逸的轻烟，掩映在层林尽染的秋色里，仿若令我们走进了童话世界里。在那里，我曾痴痴地幻想，倘若能和心仪的爱人一起远离城市的纷扰与喧嚣，生活于此，于房前屋后栽花种草，于旁边的山坡上种植粮食和蔬菜，即便不是面朝大海的房子，即便不是春暖花开的时光，也一样能生活得诗意而美好。

走马观花地游览通天峡，无奈我笔墨的乏力，描绘不出通天峡的大美如画。

# 中国李庄

四川宜宾东郊的李庄古镇，素有"万里长江第一镇"之称。虽然走进李庄的那次旅行已过去了许多时日，可李庄那原貌故态的美依然敲打着我记忆的行板，令人欣然陶醉。

当车子将一路昏睡的我拉到李庄古镇时，一睁眼睛，映入眼帘的便是仿古建筑的奎星阁。它巍峨挺拔，飞檐斗拱，气势轩昂，美观典雅。

奎星阁为李庄标志性建筑和"四绝"之一。它通高五层，像是带着一股强大的吸引力，让所有前来的人都在它面前驻足仰望，行注目礼。世界著名建筑大师梁思成先生曾评价李庄奎星阁"是从上海到宜宾沿长江两千多公里中建造最好的亭阁"。登阁远眺，远山近水，点点渔舟，艘艘行船，层层浪花尽收眼底，令人心胸开阔，遐思万千。

当双脚踏在李庄的土地上，望着眼前的滚滚长江和沉寂下来的古镇时，我不知道自己心里是喜是悲，只是默默地阅读着这"中国李庄"的厚重历史。

李庄的前缀加上"中国"，这绝不是我哗众取宠，而是她确实有一段被时光淹没了的历史。

一九三九年，自李庄发出了"同大迁川，李庄欢迎；一切需要，地方供应"的电文后，就改写了它的历史。国立同济大学、中央研究学院、中央博物馆、中国营造学社等十多家高等学府和科研院所，在抗战时期迁驻李庄。当时不到四千人的小镇，竟然接纳了一万多名外来知名专家、学者。

从幼儿园到大学，不出李庄一步，就可以完成全部学历。这不是神话，而是实实在在的历史。

当时来自海外的邮件和电报，只要写上"中国李庄"便能准确送达；同盟国的一些科研机构，也常收到来自"中国李庄"的学术刊物和书籍。

当时的李庄，是与重庆、昆明、成都并列的四大文化中心，是抗日战争时期中国最具国际影响的人文中心……

修竹掩映着的一户青瓦木板房，这不起眼的川南农家小院，就是中国建筑科学之父梁思成抗战时期的故居，那部被称作研究中国建筑的扛鼎之作的《中国建筑史》，就完成于一片蛙声蝉鸣之中。

当时的李庄没有电和一切电气化的东西，没有都市娱乐和现代交际，没有充盈的食物和药品。狭小的生存环境扩充了人们的思维空间。那面壁的油灯映照着中国知识分子不屈的脊梁，那些在炮火中完成的杰作，对于滚滚的红尘，对于浮躁的社会，都留下了永远都探索不完的话题。

行走在李庄，如同行走在一幅水墨画中。那一条条斑驳的青石板街道，那一排排青砖黛瓦的低矮平房，那一个个幽深逼仄的胡同，那一座座淳朴的古民居四合院……

一眼望去就知道是原貌故态，而不是后人仿盖的，一股浓郁的淳朴气息如同老酒般地散发着浓郁的芳醇，令人有一种醺醉感。随便进入一个院落，你都能与一些历风雨与沧桑的老屋相遇。流连在这充满温馨和人文气息的古民居间，淳朴的韵味如同一团墨迹般地在心头浸染开来。古民居那灰青的墙体、黝黑的屋瓦、鳞次栉比的布瓦，绵延成一幅幅宗族生息繁衍的历史长卷……

穿行于李庄的大街小巷，思绪随着幽深蜿蜒的街巷步移景异，历史在记忆中渐渐清晰而明朗起来。

或许半个世纪以前，傅斯年、陶孟和、李方桂、梁思成、董作宾、童第周等一大批具有国际影响的国内一流学者，还有那些同济大学的师生们也会撑一把油纸伞，或捏一把折扇，行迹匆匆，出没于李庄的泥泞中。或许此时，他们的身影正隔着时空与我们擦肩或是并行……

李庄古镇历史悠久，人文荟萃，有由庙宇、宫观、殿堂组成的"九宫十八庙"和受文物保护单位保护的旋螺殿、中国营造学社的旧址，有保存完好的古街巷和古民居四合院等，有被古建筑专家梁思成誉为李庄"四绝"的旋螺殿、奎星阁、九龙石碑、百鹤窗，李庄的一切都在传承着文明，传承着历史……

今天的中国，城镇化建设在无限地扩张，钢筋水泥的高层建筑如雨后春笋在生长。这既在加速着中国的现代化，也在令无数的"中国李庄"遽然消失。从南到北，一座座百年老屋被拆除，一条条连接童年记忆的街巷被毁灭，一座座标志和象征古城的钟楼被炸掉，一棵棵历经风雨沧桑的千年古树被连根拔起……城镇化需要播种现代文明，也需要传承人文血脉！

望着李庄古镇在沉寂里与时光对峙，我在陶醉中也为她担忧。或许她也在为自己的前途命运担忧，唯恐主宰她命运的人说不定哪天会头脑一热，要向城镇开发要政绩，便堂而皇之地用一纸文件让"中国李庄"像风一样消失得无影无踪……

好在"让城市融入大自然，让居民望得见山、看得见水、记得住乡愁"这样的愿景，正在逐渐成为人们新型城镇化的共识和行动，我的担忧或许已经多余。

## 草堂遐思

"八月秋高风怒号，卷我屋上三重茅。"这诗句里的茅屋便是成都的杜甫草堂。它如一幅嵌着四条屏的风景画，令我无限向往。

在秋萧萧落叶满地的季节，我遥想着杜甫那为秋风所破的茅屋，踏上了朝圣之路，敲开了草堂的诗意之门。

杜甫草堂位于四川省成都市西门外的浣花溪畔。公元七五九年冬天，杜甫为避"安史之乱"，携家从秦州（今甘肃天水）经蜀道辗转跋涉，来到成都。在亲友的帮助下，在成都西郊浣花溪畔修建了一处茅屋，人称"杜甫草堂"。从七五九年至七六三年，杜甫在草堂居住了三年零九个月，留下诗歌二百四十余首。这一篇篇诗歌换来一根根茅草，搭建了诗歌的神圣殿堂。

一千二百五十五年前，草堂只是杜甫流寓成都时的居所。在那里，一个久经离乱的伟大灵魂放慢了漂泊的脚步，静下心来，沿江信步，体味无边风物、万物生灵的美好情韵，安享一家团聚的天伦之乐。"清江一曲抱村流，长夏江村事事幽。自去自来梁上燕，相亲相近水中鸥。老妻画纸为棋局，稚子敲针做钓钩。但有故人供禄米，微躯此外更何求？"这是杜甫在《江村》中所描绘的草堂闲适生活的图景，诗人栖息的自足之情溢于言表。此等美满幸福的生活画面，不知道曾陶醉过多少后世读书人，千载之下，令人神往。

如今，杜甫草堂占地二百四十余亩，已变成了成都的杜甫草堂公园。草堂作为杜甫艺术生命的凝结点，作为中国诗歌精神的一座纪念碑，作为后世文人墨客灵魂皈依的精神家园，被赋予了无可替代的象征意义和浓重情感色彩，成为中国文学史上一个独特的标志。

杜甫草堂公园虽为后人所建，但大部分都是根据杜甫富于田园风味的诗歌意境所营造的。一座茅屋，几排竹篱，几方矮墙……为漂泊的诗人构筑了一处宁静的家园，让他疲惫的身心得以舒缓，让那久经离乱的心灵得以安慰。简陋的家具，低矮的灶台，破旧的床板……临摹了一个凄苦寒酸的家境。"青青高槐叶，采掇付中厨。"如此这般的苦熬度日，恐怕是世界上最贫穷最悲惨却也最伟大的诗人生前的生活写照了。

一阵秋风迎面吹来，我情不自禁地把目光投向茅屋的屋顶。如今，不管秋风如何浩荡，都吹不破这后世几经修缮的茅屋屋顶。可我还是忍不住透过杜甫诗歌的窗户，想象着他"万里桥西宅，百花潭北庄"，曾经"为秋风所破"的茅屋。究竟是哪一缕秋风，吹走了他茅屋的最后一根茅草，让他的安乐之梦被寒风吹破，被冷雨浇灭？如今，已无从考证。但能让人想象得到，看到家人因寒冷而无法睡去的凄凉而窘迫的现状，杜甫既痛心疾首，又万般无奈。他只能通过诗歌来抒发自己内心的痛苦与哀愁，即便是面对那样无助的困境，他所想到的却不只是自己的一己安乐，而是普天之下老百姓的共同命运。于是，他便笔锋一转，大声疾呼："安得广厦千万间，大庇天下寒士俱欢颜，风雨不动安如山。呜呼！何时眼前突兀见此屋，吾庐独破受冻死亦足！"他在《茅屋为秋风所破歌》中所体现出来的推己及人的博大胸怀与仁者大爱，成了后人千古传诵的不朽精神。

　　杜甫草堂既是对过往的纪念，也是对现在的经营。读着清人顾复初"异代不同时，问如此江山，龙蜷虎卧几诗客；先生亦流寓，有长留天地，月白风清一草堂"的对联，让人嘘唏不已。想到草堂的文化意义与杜甫生前的命运反差天壤之别。然而，又让人坚信只要曾经灿烂过，注定就该拥有应有的辉煌。

　　我努力攥紧拳头，却握不住诗圣千年前的一滴泪水。凝望着他曾居住之处的一地苍凉，我仿若看到秋风又吹乱了他满头的白发，而此时的他却正身着凋敝褴褛的衣衫奋笔疾书，书写着那忧国忧民的不朽诗篇……

## 桃源庙会印象记

很早之前就听说过曹县的桃源花供，可一直以来，它都作为一个名词朦胧在我的意识里，如同犹抱琵琶半遮面的少女，神秘而又魂牵梦绕地诱惑着我去一探究竟。今年桃源庙会期间，我曾先后两次到了桃源集，参观了花供的制作过程，观赏了庙会的盛况，对桃源花供有了新的了解。

桃源集花供是为纪念远古时期人类发明钻木取火的祖先燧人氏，以及帝喾时期指导人们用火的火正官祝融而举办的祭祀活动，也是当地人们为了祈求风调雨顺、五谷丰登、人丁兴旺、消灾祛病而特有的祭祀供奉习俗，相传有五百多年的历史，桃源花供庙会在每年的正月初七举行，由原来的每三年举办一次，发展到如今的每年举办一次。如今，它以独具特色的形式，成为山东省与菏泽市的非物质文化遗产。

过去，桃源集家家户户都摆花供；几家或十几家请一尊祝融化身的火神像。后来逐渐演变成由全村统一筹办花供大会。全村七道街，以街为单位，每道街都摆一座花供。大家一起制作时，相互切磋技艺，相互交流经验，相互取长补短。花供制作的过程，也是精神娱乐与感情交流的过程。

第一次去桃源集，我们参观了花供的制作过程。在花供制作现场，参与制作花供的民间艺人，全都是桃源集本村的村民，他们有上了年纪的老人，也有年富力强的中年人，还有十几岁的孩子。我们只在一道街上见到了两个学生模样的小姑娘之外，其余的均为男性。

我原以为曹县的桃源花供是由心灵手巧的民间艺人用发酵的面制作成形如花糕、枣花、花馒头之类的面塑品，再用地锅架柴烧火，让熊熊烈焰将那些面塑雏形定格成精美的面塑成品。展示之后再被人们美美地食用。如果不是亲自参观了花供的制作过程，我怎么都不会想到，那些曾被媒体多次报道的精美花供，竟然是由我们司空见惯的面粉、豆渣、白萝卜、胡萝卜、麦秆、高粱秆、树枝、木头、胶泥等材料而制成的。正是那些普普通通的乡村艺人们手执简陋的刀、剪、锯、斧之类的器具，经过别出心裁的或雕或刻、或捏或塑、或拉或砍、或漆或画等一系列的艺术加工，把那些极为平常的简单原材料加工成了精美的花供工艺品。看他们制作花供的过程，也是心情愉悦的过程。

有一个民间艺人让我记忆犹新。我们赶到的时候，他正赶制一组《西游记》中唐僧师徒四人牵着白龙马赶路的花供。因了这组花供的制作难度较大，需要有电锯、电钻之类的器具，故而他没有参与到集体制作当中，一个人在家里制作。看到我们的到来，忙碌的艺人微笑着点头示意，并继续忙碌着。

环顾四周，看着艺人家里讲究的装修、时尚的家具、装裱考究的字画、精美的工艺品时，你联想到这是一个富裕的家庭，它的主人——忙着赶制花供的艺人，想必是个懂艺术、有品位的文化人。

当带领我们参观的村支书告诉我们，那个忙碌着的艺人是个聋哑人的时候，我惊讶地瞪大了眼睛——再看一眼他制作着的花供，让人简直不敢相信——那些虽未完工却已灵性十足又惟妙惟肖的《西游记》人物，竟是出自于一个聋哑人之手！更让人诧异的是，这个聋哑艺人竟没有读过一天书，而墙上的那些笔酣墨饱的字画与考究的装裱竟然也是出自于他之手；还有他家里那独具匠心的装修、构思巧妙的家具、精雕细琢的工艺品等，家中所有的一切都由他独自制作而成！听着村支书就有关聋哑艺人情况的介绍，望着那个忙忙碌碌的身影，为上苍为他关上一道听觉与语言之门而惋惜的同时，也为上苍为他打开了一扇多才多艺与心灵手巧的智慧之窗而庆幸。不知不觉里，他那并不高大的身影在我的视线里仿佛蓦然高大起来。

第二次去桃源集是去赶花供庙会。遗憾的是，我们去的太晚，没有看到桃源集人在锣鼓喧天、唢呐齐鸣的欢庆里，排着长队、抬着花供入庙的壮观场面。我们赶到的时候，大概在一里地之外的公路两旁，都停满了汽车、三轮车、电瓶车等交通工具。人头攒动的大街上热闹非凡，比平时农村年集的场面更为热闹与壮观。

行走在乡村的集市上，仿佛令我穿越了时光，回到了陈年旧事里。想过去，在乡镇工作的十多年里，我就住在乡机关大院内的家属院里。与乡政府机关毗邻的乡村集市，我几乎是逢集必到。也正是这样的乡村集市给我提供了诸多的生活便利，涂抹了我似水流年的苍白记忆。望着集市上那些来来往往的朴实乡民和那些看似熟悉的各种小摊，都让我倍感亲切，我不停地举起相机，拍下一组组温馨的画面。

愈来愈浓郁的焚香气息，吸引着我们来到了火神庙，偌大的庙院里你拥我挤，人头攒动，香火袭人，烟雾缭绕。置身这样的场景中，仿若走进了影视剧里，一种莫名的感动令我兴奋不已。

火光映照着前来进香的人们的脸，他们一个个看似群情激昂，似乎都与火神已交流完毕，把满腹的心愿都已托付，如释重负般地一身轻松。

每年正月初七的庙会都有大型的摆花供活动，使人看到了民间信仰如同海水一样朝着一个方向奔流。这些信仰的日子，再也不是日历上的数字，它被人们刻骨铭心地牢记在心里，不能忘怀。

花供棚内，各式花供琳琅满目，令人眼花缭乱，目不暇接。那些形象逼真的故事人物，仿若是刚从影视剧里走来一样，出神入化而又富有灵性；那些精巧别致的牌坊，好像是在远距离的视线里，气势恢宏地挺立着；那些栩栩如生的瓜果菜蔬、花鸟鱼虫、飞禽走兽、游鱼虾蟹等，都给人以假乱真的感觉。

那些瓜果，无论是大小、形状，还是色泽，都让人感觉那不是花供，不是工艺品，而是实实在在的实物，催生着人的唾液快速地分泌，诱惑着你忍不住想伸手拿起来就吞在嘴里的欲望。其中有一盘子草莓花供，盘中的每一颗草莓的大小、形状与色泽都各不相同，但是，每一颗草莓都给人以真实的感觉，甚至就连上面的绒毛都逼真得令人不置可否，看着看着，我曾几次试图拿起来一看究竟，却都被工作人员阻止了。

可惜的是那些用萝卜、秸秆、水果等材料制作的花供的寿命不长，少则三五天，多则半个月。我相信，随着社会的进步与科技的发展，在不久的将来，桃源集艺人们必定能摸索出一种能经受风雨与时间考验的花供原料，制作成精美的花供艺术品，走向市场，走出国门，走俏世界……

第三辑：又是泡桐花开时

# 红雪花

寒风纠缠着二九的夕阳，落日的余晖斜洒乡村的屋顶，给房屋镶嵌了一道道金色的边框，千家万户都沐浴在夕照里，一辆机动三轮车迎着夕阳突突地开进村里。

机动三轮车在村干部和乡亲们迎候的街头停了下来，车上拉着烈士纪念碑——这是民政部门为新中国成立前的一批英烈制作的烈士纪念碑，以此来慰藉那些为国捐躯的英烈们的灵魂。

乡亲们在民政工作人员的指挥下，抬下一块烈士碑。望着纪念碑上的名字，乡亲们纷纷议论，有不少人发出疑问道："这块石碑应该不是我们村的吧？我们村没有叫石碑上这名字的人。"不足二百人的小村，对于成年人来说，五代以内，谁是谁家的祖先，谁又是谁家的后人都十分清楚，村里没有叫石碑上名字的人。然而，民政部门的领导却十分肯定这块碑就是我们村的。村里上了年纪的几个老人对照着碑文上的出生年月及牺牲时间，几经摸排推敲，最终认定这块墓碑是与碑上名字只有一字之差的我的曾祖父的。于是，这块墓碑就这样被我们家认领下来。按当地的习俗，立碑不过午，也不能将石碑抬入家中，这块墓碑就暂时被安放在父母生前的家的大门口。

我给老姑妈打电话求证曾祖父的名字。老姑妈告诉我，她曾听我曾祖母说起过曾祖父还有一个别名，与墓碑上的名字同音。于是，我们也就认定那块墓碑确实就是我曾祖父的。也就是在那一刻，我在丈夫疑惑目光的注视下，禁不住热泪长流——不为这莫名而来的荣耀，只为我的曾祖母——她从二十一岁就开始了孤独的守望，不知道曾有多少个清风朗月的夜晚，她都在倚门望月想着心事，碾碎了红尘，揉碎了相思。如今，漫长的一个世纪即将过去了，她依旧是孤孤单单的一个人，头枕着黄土，保持着千年不变的姿态，就这么痴心地等啊等、盼啊盼，却始终没有等来她的丈夫，也没盼来她丈夫的尸骨。我想，也许，就这么一块小小的墓碑也足以安抚曾祖母那孤独的灵魂，给老人家长达近百年的守望画上一个圆满的句号。

一块墓碑被认领下来，立刻成为我们家一件热议的头等大事。我兴奋地一个接一个地打电话，将这个能安抚曾祖母灵魂的消息转告给我的每一亲人，就连曾祖母的娘家侄孙子——我的表叔，我也给他打了电话。听到这个消息，表叔和我们一样激动，一样兴奋，一样想着快些择日立碑，以安抚他的历尽人生坎坷又苦苦守望一生的老姑奶奶。

我一连打了二十多个电话之后，不知不觉中，已是晚上十点多了，窗外的暮色一片苍茫。不远处的路灯照着夜空，不知道从什么时候开始，天空飘起了雪花，一朵一朵的雪花仿佛留恋云间的寒意，在空中起起伏伏地不愿落下来，屋顶上、道路上已是白茫茫的一片，城市的灯光把天空和白雪都映照成亮红的颜色。

望着雪花飘舞的天空，我又一次拨通家里的电话，告诉弟媳妇下雪了，问她是否将墓碑安放妥当。当她告诉我，她已用棉被和雨衣盖好墓碑的时候，我的泪水再一次禁不住流淌而出。我曾看过曾祖父的战友报丧的来信。那封遗失了长达八十多年的信，是在二〇〇五年春节过后，老祖父过世之后，我们收拾老房子的时候找到的。信中说曾祖父在一次战斗中牺牲，身上仅有的两块大洋是他一生的积蓄，都用在了办理他的后事上，葬在了"江西省顺花门外左边"。当我们按照那封失而复得的信里所说的"江西省顺花门外左边"，几经周折，找到葬身曾祖父的那个地方，那里早已是高楼林立。而如今，他的墓碑就安放在老家的大门口，想必他的灵魂也势必千里迢迢地赶回老家了吧！老祖宗既然来了，怎么能让他老人家顶风冒雪呢？作为时家的后人，我从内心感激唯一留守在家里的弟媳妇为我的祖先遮风挡雪。

模糊的泪光里，一片片飞舞的雪花也仿佛都变成了红色的，如同一个个蜕变出茧的蝴蝶，又似一个个美丽的仙女在夜色里翩翩起舞。那一片片红雪花，让我觉得是被曾祖母在百年守望里凝练而成的相思染红的，一如相思豆的颜色。双手拢成碗形伸至窗外，任凭一片片红雪花落在掌心后融化为清水从指缝里溜走，我知道，那是曾祖母的眼泪在尽情流淌。那一个个美丽的仙女便是曾祖母的化身，听着曾祖母的苦难故事长大，我从小就把她勾画成了心中的仙女。

闭眼的恍惚里，我仿佛置身我老家的大门口，红雪花在石碑前飘舞，就像美丽的仙女在空中翩翩起舞，想必是曾祖母以特殊的方式在迎接她的丈夫回归故里。红雪花飘啊飘，总落不到碑上，他们中间隔着一道屏障——一层棉被与一件雨衣的遮挡。红雪花穿过百年的忧伤悠悠飘落，用纯洁的白将石碑覆盖。面对那块冰冷的墓碑，我想象着曾祖父的模样，曾不止一次地从老人们的道听途说里得知，曾祖父走的时候，穿着一件因曾祖母挽留他而撕扯掉大襟的长衫。闭着眼睛想象着一个穿着没有大襟的长衫的高大背影，边走边泣，越走越远，慢慢消失在村南的羊肠小道上。不知道他的五官该是怎样的模样？我把祖父、父亲和两个弟弟的形象都叠加在一起，在取舍里反反复复地填充勾画。我努力地想啊，画啊，却始终想象不出他究竟有一副怎样的模样。何止是我想不出啊，就连我的祖父也未曾见过他的父亲一眼。或许，祖父在他八十八年的生命长河里，静下来的时候，就在一直不停地勾画着他父亲的形象，想必他也会如同此时的我一样，不管怎样努力去思维、去想象，结果都只是茫然。按照推理，如今的曾祖父应该一百一十岁，一百多岁的老人应该是白头发、白胡须、弯腰、驼背、眼花、耳聋、满脸皱纹的老人。可他离开家的时候，曾祖母怀着祖父还不到三个月，他也只有十九岁。死的时候也不过二十多岁。我不知道该把他想象成一个一百多岁的老人，还是该把他想象成一个二十岁左右的年轻人？而近一个世纪之前的年轻的曾祖父平常又该会是怎样的一身装束？总不会常常是他离家时的那一袭长衫吧？——我无法想象。我身上继承着曾祖父的血统，如若穿越了时空，即使和他擦肩而过或是面对而立，我想彼此都会把对方视为陌路人。

"姐，我早晨去墓碑那里扫雪的时候发现墓碑不见了，雪地上还留下一道隐隐约约的三轮车辙痕。我问过村干部才知道，那碑不是咱家的，被民政部门的人又拉走了。"弟媳妇电话的声调里带着些许的颤音，我不知道她是因为冷而说话哆嗦，还是遗憾墓碑的移主？话语间流露出无奈。

"既然墓碑不是咱家的，拉走就拉走吧！"回着弟媳妇的电话，看似轻松，心里却有说不出的遗憾，不为失去烈士后代的荣耀，只为无以安抚曾祖母的百年孤独。

送错的墓碑总是要拉走的，没想到这么快就悄无声息地拉走了，一如曾祖父当初离开家、离开曾祖母一样，一去不再复返，可怜的曾祖母只有在孤独里守望千年万年……

雪后初晴，昨日的红雪花被阳光蒸发掉了所有的红色。听着檐下"滴答滴答"的融雪声，像是听着曾祖母隔世的幽咽；那潺潺的融雪水，是曾祖母思夫的眼泪在不停流淌……

## 泪光里的故园

在光阴的流转里，窗外的菊花又染秋凉。秋风萧瑟的夜晚，一轮明月照亮泛黄的往事。我把自己写回童年，写回我今生最温暖的地方——我的祖父母生活了一辈子的家园。

泪光迷蒙里，我用心勾勒着乡韵的缕缕炊烟。老人、老屋、老树、老牛、石磨都在时光里回到了原处，还原成我记忆里今生最美的风景。我还是那个在院子里跑来跑去的快乐女孩，沐浴着祖父母最朴素最诚挚最温暖最美好的大爱之光。

我站在院子里，泪光倾覆了荒凉。那个曾在村里风光了多年的砖混祖屋，如今走过了近一个世纪的风雨沧桑，里里外外都布满了岁月的青苔，斑驳陆离得就像风烛残年的老人，走进了垂垂老矣的暮年，摇摇欲坠地静默在院子里。满屋的故事一如黑白老照片一样泛着黄，在时空里越走越远，越来越模糊。

望着空空荡荡的老屋，我用虔诚的目光把挂在墙上的主人——我的祖父母请下来，让他们"重返"人间，重新"回到"我的眼前。

祖父的一生与黄土地结下了不解之缘，有关他的记忆总是与土地联系在一起。他那在院子里来来回回忙碌的身影或躬耕田间的情景，仿若影视剧一样清晰地在我眼前循环播放。我多想重返童年，像小时候一样伏在祖父的背上，或是让他抱在怀里，抑或骑在他的脖子上。他还是那么一边健步如飞地走在回家或去农田的路上，一边逗我开心，时不时地用胡子扎扎我的小脸蛋儿，疼疼的，逗得我咯咯直笑。他那由花白到全白的胡子里写满的故事，足够我用一生来品读。

祖母的一生都与家的概念联系在一起，给了我家的温暖与踏实感。在我的灵魂深处，祖母就是我的家，她在，家就在。她的一生都那么勤劳，家里地里，无所不能。她那摇动着纺车编织乡村时光的身影，她那俯身织机上蹬着小脚织布的情形，她那戴着老花镜穿针走线的画面……至今都清晰如昨，足以能温馨我一辈子。

烟囱里，袅袅升腾的炊烟喂大了我的人生；厨房里那口大铁锅张着大口，盛满了祖父母人生磨砺的漩涡，也养育了我家一代又一代人，并给了我们幸福和希望。正是那口大铁锅，早在父亲幼年时蒸过馒头，让家里的财富随着面团的滚动越积越多，让祖父母的日子越来越红火，也让祖父母挺直了腰板。正是那口大铁锅，把一锅锅淡黄的盐水，在烟雾缭绕里历练成白花花的精盐，被老祖父拉到集市上换成钱补贴家用。那些洁白的精盐被我们称为小盐，它来自于盐碱土。那些盐碱土伴着祖父母的心血与汗水，经过一道道繁杂的工序，变成了淡黄的盐水；盐水在大铁锅里滚滚翻腾，如丑小鸭变身成白天鹅般地变成了洁白耀眼的细盐，在那个物质紧缺的年代里调味人们的生活。也正是这口大铁锅，把祖父母秋季收获的所有花生，在烈焰烘烤下由生而熟，提升了黄土地无能为力的收成。

厨房里间的那盘石磨与大地锅对望。祖父母当年卖馒头的面粉，以及相当一个时期的生活用面，都源自于那盘石磨。圆圆的磨盘一如人生，让人们绕着既定的圆心，在一个固定的轨道里不停地转圈。那个磨道里，一圈又一圈，推走了祖父母的光阴，磨下了他们的人生，不知道曾在那个磨道里究竟挥洒过多少汗水，又究竟将脚印叠合了多少层？

拦了老牛多年的牛栏已不知去向，喂牛的石槽早已肢体分离地躺在旮旯里，瞪着苍茫的眼睛，怀念与老牛亲密私语的美好时光。那头生了一头又一头小牛犊的大黄牛，曾为我家的农耕与财富立下过汗马功劳，然而，它还是输给了机械化，不得不在祖父母恋恋不舍的泪光里走向被卖掉屠宰的归宿。不知道那头默默躬耕一生的老黄牛终究成了谁人的桌上餐？

那些曾经被祖父看作宝贝似的犁、耧、锄、耙、扬场锨、铁篦子、抽水机、脱粒机等农具，如今都锈迹斑斑地躺在老屋的角落里，迷茫地与时间对峙，怀念着与老祖父一起编织农耕故事的光阴。它们多么希望那曾经的过往能够卷土重来。何止是它们，我们一家人都希望祖父母能重返人间，享受天伦之乐。这愿望固然美好，却不过是南柯一梦而已。

在院子里站立多年的榆树、槐树和枣树等，如今都随着祖父母的故去而被砍伐，可它们留下的故事依然历久弥新。说到那些老树，我仿若看到了满树的榆钱、槐花和红枣。那时候，还未等榆钱与槐花盈满枝头，祖母就开始变着花样给我们做着吃。如今，好多年过去了，再想起老祖母做的那些美食，我依然会垂涎欲滴。最难忘那棵老枣树，每年盛夏的夜晚，祖母在老枣树下铺一张苇席，带我在枣树下乘凉。她总是一边为我摇扇纳凉，一边给我讲牛郎织女、嫦娥奔月等神话故事。老祖母的那一个个故事为我插上了想象的翅膀，令我百听不厌，也令我最初的文学之梦在那棵老枣树下起航。祖父母在世的时候，每年枣熟的季节，我哪天回去，哪天就是家里的卸枣节。无论早晚，他们都会为我看着，为我留着。坐享祖父母的红尘大爱，即便是一颗最小的枣儿入口，就足以能令我一生满口生津，一世幸福满心。如今，又到枣熟时节，世间再也没有人给我留枣，再也没有人等着我卸枣，我再也吃不到那么脆甜的枣儿。

祖父母正是在那个院子里，于我的记忆中从中年走到了暮年，直至离我们而去。祖父母与这院子里的一切都褪尽了岁月的繁华，落地成殇。老树、老牛都不见了踪影；老屋在岁月里朝夕不保；老人已瘦成两张照片，挂在墙上，引流我的泪河。

思念在泪光里疯长，而他们模糊的身影在时光里越来越远……

# 又是泡桐花开时

"更无人饯春行色，犹有桐花管领渠。"吟诵着南宋诗人杨万里《道旁桐花》里的诗句，咀嚼着桐花馥郁的清香，漫步乡野，赏一树花开，沉醉在暮春深处，不知道该是多少人崇尚的悠悠岁月。

暮春时节，是泡桐花盛开的季节，循着空气里氤氲弥漫的阵阵清香，遥望蓝天下那一树树桐花凌空绽放，那一串串、一簇簇喇叭似的紫色花朵缤纷在花事落下的帷幕上，仿若一串串紫色的风铃摇曳在风里，打破了季节的沉寂，令人心旷神怡。

时光辗转，苍老了岁月，唯有记忆能串起往昔的时光碎片，让曾经的美好鲜活起来，来填补日子的苍白。我已记不清初识桐花的具体时间，只知道那时尚在童年，祖母家大门里面的厨房旁有两棵树，一棵是黑槐树，另一棵是泡桐树。我最初知道桐花就来自于那棵泡桐树。那棵树上盛开的一树紫色的喇叭花就是我今生最早见过的桐花。

每年泡桐花开的季节，我和小伙伴们就会嗅着桐花的清香，仰望着满树紫色的喇叭吹奏春天的恋曲。那时候，我们不懂赏花，只渴盼那些盛开的花朵早些零落。面对缤纷的落英，我们没有"花谢花飞花满天，红消香断有谁怜"的伤感，反倒满心欢喜地争相抢拾地上的落花。揪掉凋零的喇叭残花，把花蒂用针线串成长长的串儿当蛇耍。拎着花蒂串儿的一头，摇晃摆动，那串儿花蒂就在我们手里像蛇一样地来回扭动，一种征服的感觉令我们心满意足。在那个没有积木没有动画的年代，那一串串自制的"长蛇"，便是我们最好的玩具。是它让我们玩起来就忘记了时间，在我们童年的画布上涂下了浓重的一笔。

每年盛夏的月夜，祖母总会在桐树下铺一张苇席，带我在那儿纳凉。那一个个美好的夜晚，在月光透过泡桐树的枝叶间洒下的斑驳光晕里，我陶醉在祖母绘声绘色讲述的牛郎织女、嫦娥奔月、精卫填海、女娲补天等一个个神话故事里，让想象插了奋飞的翅膀，让文学之梦在那里起航。

在我很小的时候祖母就许诺等我出嫁的时候，砍掉那棵泡桐树给我打嫁妆。那时候，养育我的祖父母是我生命的根基、生活的全部。泡桐树的年轮在岁月里一圈圈扩展，我的恐惧心理也与日俱增。幼小的我总怕那棵泡桐会长大了就做成嫁妆，让我与最亲最爱的祖父母生生分离。于是，惶恐的我常常在祖父母不在的时候，想尽各种办法偷偷欺负那棵泡桐树：往它身上抹鼻涕，用脚踹它，用砖头砸它，用刀子划它，甚至爬上去折它的枝，揪它的花，拽它的叶……所做的一切，都莫过于阻止它的生长，留住自己与祖父母在一起的快乐时光。

谁知那棵泡桐树，就像一个长不大的孩子，在年轮的扩展里始终都不曾太粗。我常想：那或许是因了我儿时的诅咒吧？故而，在我出嫁的时候，祖父母再没说起砍掉泡桐树给我打嫁妆的事。

那棵泡桐在祖父母的小院里沐日月，经风雨，巍巍然悠悠然地伫立了近三十年，最终却没有挺过一九九三年夏季的那场洪涝之灾，于院子长时间积水的浸泡里慢慢枯萎而死。祖父母或许早已习惯了那棵泡桐树的存在，即便是死了，也不允许人将它砍掉。时光悠悠，树枝慢慢干枯、树皮渐渐脱落。就连原来时常留恋的小鸟和鸣蝉都变得嫌弃它，像是躲避瘟疫似的，从那棵死桐树上搬了家，远远地避开了。干枯的枝丫经风一吹，相互碰撞着，发出噼里啪啦的枯噪声音。一些干透了的树枝在碰撞中随风而落。雨亦是那些枯树枝的天敌，每一场雨都会不同程度地缩短它们凌空展望的历程，那些经受不住风雨摧残的细碎枝丫也前赴后继地投身大地。最后，只有三两粗壮的枝丫被树干托举着，在空中寂寥地对峙着苍茫的时间。泡桐树的根却依然抓紧脚下的大地，不敢放松，也不敢懈怠。

我已记不清那棵枯死的泡桐树在院子里伫立了多久，究竟是三年，还是五年？只知道多年之后，竟然于某一年的春天，奇迹般地从根部发出了两枝鲜嫩的枝条。那两根同根而生的枝条，一年就窜出两米多高，纤纤弱弱，却还算葳蕤葱茏。人们都说枯木发芽寓生机再现之吉祥，这令祖父母十分欣喜。有一次，我去看望祖父母。年近八旬的老祖母神神秘秘地将我拉进屋里，低声耳语告诉我说，那两根嫩枝可能和她的两个孙子——我的两个弟弟有关。要不怎么会是两枝？大一点儿的枝条可能就代表她的大孙子，小一点儿的枝条可能代表她的小孙子。听着老人家喜不自禁的陈词，望着她一脸的饱经风霜却因了欣喜而神采飞扬，我的鼻子蓦然一酸，顿时泪湿了双眸。我可怜的老祖母生育了四个儿子，其中三个儿子尚未成年就相继夭折，只有我的父亲结婚生子，可他却四十三岁就英年早逝了。令两位老人家在生命的坎坷里一次次地领略了白发人送黑发人的撕心裂肺般的痛苦。可想而知，他们的两个孙子在他们的生命里是何等的重要？！他们将两个孙子视为生命的全部、精神的寄托。想着枯木发出的两根嫩枝与孙子有关，于是，他们就对其格外关注起来，恨不得一天二十四小时都不闭眼睛地看护着。

枯木发出的那两根新枝还未曾长大，祖父母就在相隔两年的时间里先后去世。随之他们居住的院子也就空了起来。后来，弟弟就把空院子还耕，种植了庄稼和蔬菜。那棵在院子里伫立了三十几年的泡桐枯树连同那两根未曾长大的枯木新芽，也随着祖父母的离去在清理院子时被连根拔起。

一阵阵带着药香的芬芳掠窗而入，沁人心脾。我知道，此时已是人间四月天，又是泡桐花开时，而此时的桐花已非我记忆里的泡桐花。可这缕缕香韵会带着我回到旧时光，走回到有祖父母的日子里……

## 爷爷、我和春联

又逢新春佳节，满街的红春联温润了时光，也把我的思绪拽回童年。

在我的记忆里，爷爷是一位乐观又慈祥的老人，对春联特别重视。每年腊月初十过后，他便开始忙活着买红纸、毛笔和墨汁。

小村里，只有我的一个教书的远房堂叔的毛笔字能叫得响，村里家家户户的春联大都是出自于他之手。不过，爷爷虽没文化，却不愿意求人。他认为父亲有文化，我们姊妹几个都是学生，像写春联这样的事情，就不该再去麻烦别人，所以见了父亲就逼着他写春联。虽然父亲的钢笔字刚劲有力，可我从没见他写过毛笔字，所以，面对爷爷的要求，他总是推说自己忙或是远远地躲开。无奈，爷爷便让姐姐来写，姐姐也溜了。于是，爷爷便把写春联的光荣任务强硬地压到我的头上。

那年我只有十岁，读小学三年级。"少年胆大亦如虎"，写就写，我怕什么！于是我以握铅笔的姿势握着毛笔，对照着爷爷从集市上买来的年历本，一笔一画、认认真真地把春联抄写在爷爷备好的红纸上。

望着我涂抹在红纸上的墨迹，嗅着浓浓的墨香，不识字的爷爷翘起八字胡，乐得合不拢嘴，连连点着头说："中！中！这就中！"

自我写的春联贴到门上之后，只要是识字的人，无论谁看了，都要问是谁写的。不认识我的人，有的还专门让家人把我喊出来，看看写出如此对联的究竟是一个怎样的小姑娘，然后笑着鼓励我以后要好好写字。

或许是爷爷从众人的评论里听出了弦外之音，以后他就再也不提让我写春联的事了，而是早早地买好笔墨纸张送给堂叔，并耐心地等待。

自我记事以来，贴春联仿佛就是爷爷的"专利"。年三十那天早早地吃过早饭，奶奶用白面熬制出稀稠适中的糨糊，在等糨糊降温的过程中，爷爷先把旧春联揭掉，再用湿布把门擦干净，接着用刷子把冷凉了的糨糊均匀地涂抹在门上，继而把春联贴正，然后用干毛巾从中间开始向四周慢慢地把气泡赶出。这样爷爷贴出来的春联既平整又美观。

爷爷不识字，贴春联时分不清上下联，他总是让我给他指挥着贴。我十一岁那年，当我们贴到只剩下一幅写有"槽头兴旺"的竖幅时，我理解不了"槽头"的含义，再加上有小伙伴急等着我出去玩，我又不愿意为此而去查字典来浪费时间，就指挥着爷爷把那幅春联贴到压水井上。幸亏父亲及时赶到，一进门就看到"槽头兴旺"贴在压水井上，忙小心翼翼地揭下来，贴在牛屋的柱子上，避免了让我再一次落得贻笑大方。

这关于爷爷、我和春联的故事一晃就走过了三十多年，过眼云烟，如今又将到贴春联时，爷爷却被一层薄薄的黄土阻断了回家贴春联的路。然而，那留在记忆里的温馨，让我永远怀念。

## 老年痴呆里清醒着的爱

一向思维敏捷的爷爷，在他八十六岁高龄的时候，患上了老年痴呆症。老年痴呆症是一种痛苦的脑衰亡的过程，思维越来越缓慢，现实越来越残酷。

爷爷从患病开始，记忆逐渐消退，思维变得逐渐迟钝。他的言谈举止，越来越像小孩子，大概这就是人们所说的返老还童吧。譬如：有人要问他对面的人是谁，他会瞪大眼睛很努力地苦思冥想很久，最终还是无奈地摇摇头，如同失忆一般，什么也记不起来，一脸的茫然与无奈，最后只得咧着他那没有牙齿的嘴巴，无奈地笑。看到爷爷那神情，我就心疼得想哭。

爷爷一生生育过四儿、五女九个孩子。四个儿子里，只有父亲在世上停留了四十三个春秋，其他三个儿子和一个最小的女儿不到成年，便相继夭折，二女儿二十二岁死于产后风，陪他到老、为他送终的只有他的三个女儿——我的三个姑妈。

在爷爷最后两年的日子里，我的母亲和三个姑妈，爷爷一个都不认识。

那是一个秋雨淅沥的上午，我约小姑妈一同去看望爷爷。我们陪爷爷说了半晌话，后来，到后院帮母亲去做饭。

　　我们刚到后院不大一会儿，三姑妈还未来得及脱掉雨衣就匆匆赶了过去。

　　"原来是你们两个！我刚到你爷爷屋里，要脱掉雨衣，你爷爷就大喊大叫，让我快去找闺女和姑姑，我迷惑得不知道是你和谁来了。"三姑边脱雨衣边笑着对我说。或许是在我和小姑妈的谈话里，爷爷听到了我喊姑姑了，他那仅有的一点儿记忆力却又记住了这个称谓。

　　爷爷的一日三餐都是母亲端送。母亲每次去送饭，爷爷总会重复不变地问母亲："多少钱一碗？"

　　"不贵，五毛！"

　　爷爷节俭了一辈子心疼钱，母亲怕他心疼钱，总是玩笑般地应和着他。

　　当有人问起爷爷怎么吃的饭，他总是说，住高门楼子那家的老太太家里开饭店，她心眼好，天天卖给他饭吃。当别人告诉他，那个老太太是他儿的媳妇时，他就瞪大眼睛，像是冥思良久，最终还是什么都记不起来。

　　每一次我去看望爷爷，他都喜笑颜开。有人问他我是谁，他会欣喜地将时光在脸上雕刻的条条皱纹笑成一朵菊花，不耐烦地回应："自己家的闺女，我还能不认识？"

　　在我一岁零八个月的时候，我便跟爷爷、奶奶生活，在他们的生命里，我这孙女便是他们最疼最爱的"闺女"。

　　爷爷的院子里，有一棵脆甜的灵枣树，枣熟的季节，爷爷、奶奶每年都悉心看护。自我有记忆以来，每年卸枣时，必有我在场，否则就不卸。

　　记得我在师范读书时，父亲看到满树熟透的枣儿随风纷落，建议爷爷奶奶卸枣。他们却对父亲的建议置之不理，最终还是固执地等我回来才卸了枣。多年以来，家人都习惯了他们将枣儿和爱一同留给我。

爷爷患老年痴呆的最后两年里，更是不准任何人摘枣。收获的季节，满树的灵枣儿耀眼夺目地摇曳在绿叶间，让人垂涎欲滴。在那期间，我回去看望爷爷，我正欲给他吃我带去的食品，他却起身挂着拐杖颤巍巍地往外走。我搀扶着爷爷，看他到底想做什么，他刚走到门口，弟弟看到后，急忙跑过来，搀扶着爷爷另一边，爷爷转身回家走去。

"闺女来了，把枣儿都给她卸下来，让她拿走！"爷爷命令弟弟。

"姐，你看我们整天守着爷爷，好好侍候着他，他却不认识我们。一个枣儿都不让摘，就连小孩子想吃个枣儿，我都得偷摘。爷爷一生偏爱你，现在只认识你一个人，知道你是闺女，还知道你的名字。你几天不来他就会问我闺女咋还不来？"听着弟弟滔滔不绝地给我说着爷爷，涌动的热泪溢满了我的双眸。

还有一次我去看望爷爷，他告诉我："一个老太太把我拉到她家去住，我怕你来了找不到我，会急哭。我就用拐杖打她，她才肯把我送回来。"我问他老太太是谁？他却无奈地摇着头说不认识。后来我才知道是大姑妈。

爷爷在最后的日子里，偶尔也会大喊大叫。只要我在场，陪着他说话，他很快就会安静下来。他不想吃饭，我去喂他，他就会张开口，笑眯眯地吃完。

爷爷给了我那么多的爱，可我竟然在爷爷最后的日子里，以工作忙、孩子小为借口，没能在爷爷床前伺候他一天，消除他哪怕是一天的寂寞，爷爷咽气的时候我却还在单位上班。当我长跪在爷爷遗体前的那刻，愧疚击碎了我所有的神经。

爷爷的老年痴呆里，清醒着的天下最无私最最纯粹最美好的爱，一如一坛老酒，愈来愈醇！

# 老 屋

  我家的老屋里，有我的故乡情结，有我童年的记忆，有我祖父母给我的天地大爱……

  老屋建于一九六二年三月，她在春暖冬寒的交替里走过了近半个世纪的风雨。老屋自打地基开始，垒砖、和泥、打墙……一系列工程全是祖父母领着他子女们建造的，只在上梁和棚上盖的时候，找了几个人帮忙。

  自祖父去世后，老屋就闲置了起来。可是我每一次回老家，都习惯性地去瞻仰一下老屋，触摸我满满一屋的记忆。

  自我一岁零八个月的时候，随着妹妹的出生，我就跟随祖父母生活在老屋里。那时候，我家的老屋是我们村子里最好的一座房子，从外观上看，整个后面都是蓝砖青瓦，是最时尚的"砖包后面"的房子。随着我上学住校，后来参加工作，再后来结婚生子，让我一步一步远离了老屋。可她像刻在了我的记忆一样，早已成为我生命的一部分，贯穿我生命的始终，让我今生都无法抹剥离。

  走进空空的院落，一种莫名的荒凉袭上心头。这是我多年生活过的地方吗？这里没有了祖父母慈祥的笑容，没有了昔日的温馨，没有了往日的欢笑，没有了儿时的玩伴……岁月侵蚀了往日的故事，门前台阶上的苔藓早已尘封了当年的欢笑与温馨。房顶上的瓦松和杂草，摇曳着岁月的痕迹，诉说着老屋的沧桑。木门和窗格子也早已斑驳陆离，推开屋门，屋顶已经有两处塌落，土墙满壁斑驳，上面的泥灰几近脱落，房前的甬路两侧布满了厚厚的青苔，墙角边生长着蒿草，一副人迹罕至的样子……

　　祖父母的遗像安然地挂在客厅的墙上。他们慈祥地看着我和女儿微笑，笑得那么慈祥，那么亲切，那么开心。祖父嘴唇微启，笑容可掬地翘起了八字胡，是想招呼我吧？祖母喜笑颜开地看着我，眼神里流露出慈爱，仿佛有一种要揽我入怀的亲切……与女儿一道去瞻仰老屋的时候，我带着祖父母喜欢吃的无水蛋糕、香蕉、草莓等。虽然老人家与我生死相隔，可我还是习惯性地带去，摆在他们的遗像前。多想让他们走出相框，能吃一口我带去的食品，可这一切都只能出现在我泪光的幻化里……我的声声呼唤，他们能听得见吗？他们看着我，笑得那么亲切，为什么却不肯答应一声我悲切的呼唤？他们看着我流眼泪，一定在心疼。为什么不伸出温暖的大手为我拭干长流的热泪？我知道，在他们心里，自我跟了他们的那一天起，毋庸置疑，我就是他们的孩子，是他们的心肝宝贝，在他们眼里我胜过任何人。

　　怎能忘记，一年四季，我放学的时候，祖父就端着一大瓷碗热饭到村口接我放学，冬天的时候，让我一边捧着热饭暖着冻得冰冷的小手，一边喝着热饭暖身子，其他季节是怕我饿。祖父自从我上学那天起，就开始用这样的方式接我，一直坚持到我初中毕业。整整八年，这样默默无闻的付出，恐怕世间唯独我的祖父能够做到。以至于他晚年患了老年痴呆后，女儿、儿媳、孙子、亲戚、朋友、邻居……他全都不认识之后，唯独只认识我。

又怎能忘记祖母把我们儿时不可多得的炒花生和一些好吃的东西，买回家之后都藏起来，留着让我独自享用。她直到去世都偏爱我，把自己认为最好的东西都毫无保留地留给我，还爱屋及乌地过分疼爱我的女儿。以至于让邻居们谈论起来像是描述一部美丽的童话。我蓄满双眸的泪水是对他们深深的思念，更是不能为之尽孝的遗憾。我把我深深的思念置于心灵深处，不知道心有灵犀的祖父母能否感应得到？

女儿拉着我走出老屋，泪光朦胧里，我仿佛看到祖父慈祥地笑着送我出门；思绪恍惚中，我仿佛听见祖母亲切地喊着我的乳名，我情不自禁地回过头，满目的荒凉惊醒了我思念的残梦，老屋在我的视线里缥缈成一帧苍凉的风景……

## 又是槐花飘香时

在老家的院子里蓦然一抬头，却发现一串串洁白的槐花缀满枝头，在绿叶间摇曳成一道靓丽的风景。它预示着在季节的轮回里，此时又是槐花飘香时。

母亲见我久久地凝视着槐花，悄悄地拿起一根长长的竹竿，绑上一个铁钩，喊着我和女儿去摘槐花。

我慢慢地转动竹竿，把细小的槐枝慢慢折断。母亲却不以为然，让我把开满槐花的大树枝用力拉断。望着枝繁叶茂的槐树，用满身的刺来保护自己，我真担心它会疼痛，于心不忍。

当我仰面折槐枝时，一只小飞虫忽然飞进眼里。我放下竹竿揉着眼睛，不知不觉中泪湿了双眼。朦胧中，一位慈祥的老太太，一手端着碗，一手拄着拐杖，挪动着三寸金莲，笑盈盈地一步一步向我走来，而且画面越来越清晰。当我正要大声喊奶奶的时候，一缕春光照射过来，不见了祖母的踪影。

那恍惚的画面让我疑似回到了一九九三年的那个"五一"。那时我正怀着女儿。我和丈夫的工资微薄，而丈夫又处于工作调动期间，工资关系理不顺，暂停了工资，生活十分拮据。祖母知情后十分心疼，我每一次回去，她都把好吃的东西留给我。见我不好意思，她总推说是要给孩子增加营养。

那天下午两点多的时候，猛然仰头看见树上的槐花开了，我梦吃般地说想吃蒸槐花。于是，祖父折断开满槐花的枝条，祖母摘、洗、拌、蒸、炒、调，好一阵忙活之后，一碗香气四溢的蒸槐花就递到了我的面前，正如刚才恍惚中的那一幕。

祖母那年蒸的槐花，色、香、味俱全，嚼在嘴里，满嘴的清香直抵嗅觉神经。那天，我吃了满满一大碗。

我临走的时候，祖母塞给我一包摘好的槐花，一再嘱咐我回家后要好好拣摘干净再吃，并把她蒸菜的全套工序都详细地教给了我。回到家我拣摘槐花的时候，发现槐花里有个小纸包。打开一层层包裹甚严的纸包，当里面一张百元大钞呈现在我眼前的那一刻，我哭了。我知道，那是祖母攥出水来都舍不得花的积蓄，她却偷偷地给了我。这哪里是钱啊，分明就是一颗火热之心，一份天地大爱。

如今这带着乡土气息的蒸槐花走向了高档酒店的餐桌。每年槐花盛开时，不知道是出于对祖母的怀念，还是出于对她蒸的槐花的眷顾，只要在饭店吃饭，每一次我都自然而然地第一个点一道叫作蒸槐花的菜。或许那走向餐桌的蒸槐花是出自于有头衔、有职称、有证件的大厨师之手，可我却怎么也吃不出祖母蒸槐花的鲜美味道，远远没有她当年蒸的槐花好吃。想起来祖母的蒸槐花就让我留恋，那是我今生吃到的最好的美味佳肴。

我望着槐花，泪湿了双眼，多想再吃一碗祖母蒸的槐花，享受一下她给我的天地大爱，可是我知道这一切都是枉然，如今她已经离开我们九年了。如果她在世，看到我带着还没出世就备受她疼爱的曾外孙女儿来看她，不知道她会有多开心？

摘下串串洁白的槐花，收藏起我对祖母深深的思念。

## 祖母的味道

一早在丈夫与女儿的祝福声中醒来，我才知道那天是自己的生日。不知从什么时候起，我变得淡泊名利，渴盼长寿。于是，我决定为自己做一次长寿面，以告慰彼时的心理渴盼。

我总是固执地认为，长寿面应该是地地道道的手擀面。在经济飞速发展的当下，机器轧出来的宽窄厚薄不一的面条应有尽有，老祖宗流传下来的手擀面只得躲到时光的角落里闭目养神，早已没人再劳心费力地去做手擀面了。再者来说，如今的生日宴会也早已从家庭走向了饭店，很自然，手擀长寿面也就退出了历史舞台。细细想来，我做手擀长寿面的次数屈指可数。在娘家做饭时，我一直都是帮着家人打下手，即便是家里有人过生日要做手擀长寿面，也轮不上我插手，却也曾给老公和女儿做过为数不多的几次手擀长寿面。

我把适量的水与面搅拌均匀之后，双手均匀用力地和着面，前倾的身体随着揉面时的用力而一颤一颤的，脑后的马尾也随着头与身子的颤动而颤动。仅凭这种和面姿势，我和面的技术，即便说不上娴熟，却也不能说生疏。因为，在我们这一代人中的大多数女子早在十岁左右的时候，就已学会了熬稀饭、擀面条、蒸馒头之类的家常饭。当然我也是这大多数女子当中的一员。我对自己这种自如和面的姿势颇感满意的同时，却又自然而然地把自己此时和面的情景与往昔老祖母躬身和面的情景联系在一起。

祖母在世的时候，只要家里有人过生日，哪怕是生活再艰难的时候，她也总会想方设法又亲力亲为地做一次手擀长寿面，来祝福亲人们的生日。我是老祖母带大的孩子，又是她最疼爱的孙女，我的生日她更是义不容辞地亲手做手擀长寿面。她说她渴盼自己的子孙们能借助她做的长寿面的祝福而长命百岁，幸福安康。

在我的记忆里，老祖母和面的时候，身子总也那么微微前倾着，揉面时一颤一颤的，一如我那般。不，是我和面的姿势在临摹老祖母昔日的情形，就连我头上的马尾也复制着老祖母往昔发髻的颤动。我拌面、揉面的细节与姿势，都是老祖母手把手教会的。她那悠然的姿势与神情，清晰如昨，涂抹成我记忆里永恒的风景。

老祖母教我和面的时候，总是要求我做到"三光"——面光、盆光、手光。她说只有做到了"三光"，才能称得上会和面。多年来，每一次和面我都对照老人家的要求，尽力做到"三光"。

要想擀出细腻柔滑的面条，就必须将和好的面静置一段时间。这个过程就叫饧面。它是一个消除应力，令面粉中的蛋白质分子的空间结构重构的过程。这个过程多则需要几个小时，少则也要十几分钟。它可根据实际情况而适当掌握，灵活运用。饧面的时候，则可以做一些其他工作。譬如：准备好锅、面板、擀面杖等之类的东西。通过饧面，面团中的蛋白质在外力作用下被扭曲及破坏的网状结构得到了重塑，因重新恢复了应有的空间结构而得到了舒展。面饧得好，擀出来的面条就会更加筋道、光滑、柔软、细腻和顺滑。

待面饧好之后，我便开始在面板上揉面，一如老祖母和面时的姿势那般倾斜着身子，左手不停地叠加着面团，右手不停地用力揉面，由重到轻地用力揉啊揉，直到揉得面团柔韧光滑，细如凝脂，便用擀杖把面团擀成圆圆的小圆片，继而再用那圆圆的面片包裹住擀杖，双手用力推动擀杖，擀一会儿变换一次面皮的角度，使得面片一点点增大，一点点变薄，一点点变圆。把面片擀得厚薄适中后，晾一段时间之后，再将面片叠将起来。

每次动手切手擀面之前，我都会想起老祖母的教诲——切长寿面不能断刀。故而，我会很细致地想想当天家里是否有人过生日，即便是像祖父母、父母等这些故去亲人的生日，我也会按照老祖母的说法，将手擀面连续均匀地从头切到尾，且一气呵成。今天是我的生日，我学着老祖母当年的样子，耐心地切着我的长寿面，就像是在丈量着对长寿的期盼。

望着多星锅电源的指示灯闪亮，我仿佛看到熊熊燃烧的火苗。那火苗像是来自于我记忆里老祖母大地锅的灶膛，它正激情地舔着锅底。与此同时，我分明看到老祖父坐在灶膛里忙着烧火的情形。他还是那么须发雪染，慈眉善目，全神贯注地烧着火，右手时不时地往锅底添加柴火，左手不停地拉动风箱。风箱发出"呱嗒呱嗒"的声音，和着木材燃烧时发出"噼里啪啦"的声音，在弹奏着一曲人间烟火的乐章。在我的记忆里，我家的男人们都十分男人，平日里都是不做家务的。老祖父一生所做的家务只有在冬天里烧火和天天打扫庭院。而且这两样，他都做得十分专业。烧火烧得火候恰到好处，当时虽然是泥土庭院，一年四季，每天都被老人家打扫得干干净净。我的生日在隆冬季节，恰在老祖父烧火的时间段里，故而我的长寿面每一次都由祖父母两人合作完成。

看着锅里热气腾腾，翻滚的汤水簇拥着面条上下翻腾，我的心也随之翻腾。烟雾缭绕里，我依然沉浸在过往的记忆里，仿若此时的我身处祖父母往昔的厨房里，祖父母依然在忙忙碌碌，他们一个烧火，一个掌勺，正忙前忙后地为我做长寿面，而且他们仍旧满面春风地又是煮鸡蛋，又是下长寿面，有说有笑，仿若老人家的声音还在震颤着我的耳膜。他们就那么乐此不疲地忙得不亦乐乎，只为给他们的宝贝孙女庆祝一下一年一度的生日。

锅里散发着煮面的清香，让我闻到了久违的故乡味道与老祖母的味道。不知道是袅袅烟雾缭绕的缘故，还是浓浓思念的原因，不知不觉里，我就泪湿了双眸。我这一生，就只吃过祖父母为我做的长寿面，而且不知道究竟吃过多少次。但是，我却没有给两位老人家做过一次长寿面。无论是手擀长寿面，还是其他长寿面，一次都没有做过。我和老祖母的生日在同一个月份，老祖母先我五天过生日，她是农历的十一月二十二日，我是农历的十一月二十七日。老祖父和我老公同一天生日，都在农历的十月二十日。老祖父真正的生日是农历的十月二十三日，因了那年我外祖父恰在那天去世，以后的忌日，母亲都不能参加老祖父的生日，故而老祖母自作主张将他的生日提前了三天庆贺。我想，如果老人家在世，我能亲手给他们做一次长寿面，不知道他们该有多么高兴，多么开心，又多么满足？即便是我做得不好，他们吃起来也一定会很开心，很幸福，很满足，又会很认真地夸我。可是，老祖母已经去世十四年，老祖父也已去世十二年，我今生都不会再有机会了。

长寿面出锅后，我多盛了两碗，并且都整整齐齐地摆放好筷子。女儿疑惑地望着我湿润的眼睛，又看看那两碗长寿面。当她知道那两碗长寿面，是盛给两位已故去的老人家时，懂事的女儿虔诚地祈祷着，祈愿两位老人家保佑子孙后代开心快乐，幸福安康！

看着碗里的长寿面，我感觉就像当年老祖母亲手做的长寿面一样。我多想像小时候那样，头也不抬地扒拉着，将满满的一碗一气吃完。可挑两根面条放进嘴里，漫不经心地嚼着，无论怎样都嚼不出老祖母的味道，却嚼出了两行奔涌的泪水。漫漶的泪光里，我望着养育了我的两位至亲的老人越走越远，越走越远……

## 父亲的宝石花手表

失眠的冬夜沉寂而漫长，我焦躁地躺在床上，闭目数着数字催眠。然而，时钟的指针走动的"咔嚓"声不停地敲击着我不眠的神经，我感觉那声音仿佛是来自于二十三年前父亲那块宝石花牌手表的指针，穿越了时空的走动。

时光飞逝，转眼，父亲已经去世二十三年，可他的音容笑貌以及他的宝石花手表，仿佛就在眼前。

那块宝石花牌手表，表盘外壳和表链都是闪亮的镀银金属，表盘上均匀地刻有十二个银色的时间刻度，其中每两个连续的刻度中间，都有四个略细短的刻度，把十二个格都均匀地做了五等分。十二个时刻标示和三个指针上都带有浅绿色的夜光体。即使在伸手不见五指的黑夜，也能看清时间。在正上方的十二点刻度的略下方有一个精美的宝石花标志。表盘面是晶莹剔透的水晶面，中间凸起，以若干全等的扇形面，向四周蔓延，闪闪熠熠，光彩照人。那块手表的大气、精致、豪华，让人无不钦佩设计者的独具匠心。

在我的记忆里，每当看到父亲抬起左手手腕低头看手表的那刻，都感觉到父亲的那个动作特帅、特酷、特男人。这在当时，让我觉得父亲就是世上最伟大而神圣的男人。

"女儿是父亲的前世小情人。"虽然，我不赞成这种玷污了血缘亲情的说法，但是它并不排斥女性对异性的欣赏和依恋，最初是来自于对父亲的赏识和崇拜。正如我女儿四岁的时候，说她那当时穿着风衣的瘦而高的父亲像毛主席一样。虽然女儿这个天真的比喻让我们好笑地重提了十几年，它却诠释了一个女儿对父亲的敬仰和爱戴。

我小的时候，家里没有石英钟，一家人全靠着父亲的手表来掌握时间。白天，父亲把手表戴在手腕上；晚上，他把手表摘下来给我，让我晚上写作业和第二天早晨起床、上学时掌握时间。自从有了这块宝石花手表，父亲就用浓浓的父爱把这种摘戴手表的动作养成了一种习惯，天天如此，从不间断，即便是他有事出门，也会把手表留给我。就这样，他一直把这种习惯延续到我读初三时，他给我买了一块女士手表之后。我是五个兄弟姊妹中唯一享受此等待遇的孩子。

回首学生时代，晚上写作业时，尽管有父亲的手表陪伴，我还是时常写着写着伏在书桌上就睡着了。尽管早晨父母喊破喉咙，我依然还是起不来床。缘于这种情况，父亲把我的书桌挪到了父母的卧室，即便是他躺在床上也能看清我的一举一动。又把我的床从西屋挪到了和父母的卧室仅隔着一间客厅的堂屋西间。这样，我又成了父母五个孩子当中，唯一和他们同住堂屋的孩子。

我自幼就有用冷水早晚洗脸的习惯。那时候，我常常是从压水井里压出半盆井温凉水，不用盆架，直接端到堂屋客厅里的小餐桌上，连续两三次搓用香皂清洗。晚上的洗脸水，常常是到第二天早晨洗脸时才匆匆倒掉。早晨的洗脸水常常是来不及倒掉，更来不及收拾被洗脸水溅湿的餐桌，就匆匆忙忙上学去了。每天的这一切都是父亲默默地替我收拾残局。尽管母亲多次告诫我让父亲倒洗脸水"有罪",而我还是听而不闻。每当这时,父亲总是乐呵呵地站出来替我辩护道:"孩子时间紧,哪有那么多规矩!等我老了,俺闺女给我连端带倒掉洗脸水,外加洗脚水不就没罪了!"当时我是父亲的五个孩子当中,唯一一个让他倒洗脸水的孩子。

或许,正是因为我在父亲那里享受了太多"唯一"的优厚待遇,以及来自于那块宝石花手表凝聚的浓浓父爱,才走出了祖祖辈辈生活的偏僻农村,成就了今日身为国家公务员而在城市的办公大楼里上班的我。

记得有一次,父亲喊我起来去上学。我起床后看了一下表,时针却指向了四点的位置,我以为父亲是头一天晚上酗酒还未清醒过来,喊我起床太早了。我到西屋推自行车时,看到姐姐床上的被子叠得整整齐齐,而她却去了姥姥家,我拉开被子想稍睡一会儿再走,哪里知道这一睡就睡过了点。

父亲看到其他孩子都放学回家来了,左等右等都不见我回来,出门接了几次,还是不见我的踪影,父亲焦急地准备到学校去接我。当他匆匆忙忙地到西屋推自行车时,却发现我正躺在姐姐的床上酣然大睡。

被父亲喊醒后,我却张嘴大哭。我是个好学生,没有过无故旷课的先例。无论父亲怎样哄劝,我都痛哭不止。父亲听我说明了原因,他自责因自己喝多了酒,忘记了给手表上劲致使其停止了走动,而耽误了我上学。后来父亲把我送到学校,帮我给老师请了假。为把年少时的虚荣和自尊完好地留给我,父亲把所有的责任都揽到自己身上。以后的日子里,无论什么情况,父亲再也没有忘记过给手表上劲。

一九八八年,身患癌症的父亲在与病魔搏斗了五个多月之后,预感到自己的生命走到了尽头。就在他去世的前一天,他才摘下了自己钟爱的宝石花手表,遗言要留给我的小弟弟——他最小的一个孩子。

那年十月十八日晚上十点十八分的时候,父亲走完了他人生四十三岁的生命历程。我永远都忘不了那一幕，当为父亲穿寿衣的三爷爷征求我们的意见，是否要给父亲带走那块宝石花牌手表的时候，我们姊妹则都按照父亲的遗言，坚持把手表留给小弟弟，与母亲非让父亲带走手表的决定对峙。结果，母亲拗不过我们，让父亲留下了他钟爱一生的宝石花手表，空着手腕走了。

我尽管是怀着深深的遗憾和歉疚，在冥节的时候多次给父亲焚烧了冥制品手表，可还是时常在梦中看到父亲因没有手表而误事的场景。每当想起当初的这个决定，无法弥补的遗憾击痛我敏感的神经，让我的心阵阵战栗着撕裂般地疼痛。我常想，即使现在能用千足黄金打造一块金表，它又怎么才能戴到父亲的手腕上？同时，也让我在背负不能替父亲倒掉洗脸水和洗脚水的沉重十字架下踯躅，为那"子欲养而亲不待"的遗憾而伤痛终生！

"咔嚓，咔嚓……"石英钟的脚步在不停地行走，搅碎了夜的沉寂，赶走了我的酣梦，让我的思绪在父亲和他的那块宝石花牌手表的记忆里彷徨，父爱的温暖驱逐了冬夜的严寒。

# 清明时节

一九八八年，父亲去世之后，每年的清明时节，我都会推掉所有事务回老家上坟。起先的十几年里，是给父亲和曾祖父母上坟，接着是给父亲、祖母与曾祖父母，再接着是给父亲、祖父母和曾祖父母，然后是给父母、祖父母和曾祖父母。

"清明时节雨纷纷，路上行人欲断魂。"很小的时候，我们就会背诵这诗句，不过那只是一种机械的记忆。可是，自父亲去世后，才让我真正理解了这句诗的含义，理解了这千古绝句是人们在这阴阳交臂的日子里，把对故去亲人的哀思化作了一种文字的寄托。

清明时节，原野上，到处都有一团一团的火苗在绿野里燃烧，宛若一个个着地的红灯笼在凉风里摇曳；坟前都有一堆一堆的纸钱燃烧的灰烬，一片一片的黑色的纸屑在风中飘飞，如同一枚枚黑色的蝴蝶随风而舞。空气中弥散着纸钱燃烧的焦煳气息。虽然春天勃发了盎然生机，可在这清明时节，我们却感觉不到春天的温暖，沉痛的心总会随着杜牧的诗句在"欲断魂"的哀伤里徘徊。

以往的清明节，虽然是个悲伤的日子，我总是早早地赶回故乡，几乎每一次都是我第一个赶到老家。为此，祖母和母亲总是欢喜地说："别看俺香香离得最远，总是赶到家最早。"每一次到家后，我总是一边帮祖母和母亲打扫庭院、收拾房间或是洗衣服，一边陪着老人们说话，听他们絮絮叨叨地说着村里的人和事。上坟前的那段时光，我就像一只快乐的小鸟绕着祖父、祖母和母亲不停地飞舞盘旋。

　　每一次给父亲上坟的时候，我们总会发现，坟前已有一堆熄灭的纸钱。我们知道那是母亲赶在我们回家之前就已给父亲烧了纸钱。她是在那个不被人惊扰的、只属于她和父亲的时空里，给父亲说了一些不为人知的悄悄话，倾诉了她对父亲的思念，也唠叨了一些红尘的烦恼。等我们姊妹和姑妈们去上坟的时候，母亲便给我们张罗一桌饭菜。

　　我们去上坟时，祖父、祖母怕我们会因思念父亲哀伤难过而哭泣的时间长，总是在家坐立不安。祖父就不停地催促着祖母去拉我们，祖母便挪动她的三寸金莲循着我们的去路喊我们回家。后来，祖母走不动了，她就拄着拐杖慢慢挪到村口，大声地喊着我的乳名。当我们看到了祖母的身影出现在地头或是当风把祖母的喊声送入我们的耳膜的时候，我们即便是再难过，也会迅速停下哭声，抹着眼泪离开父亲的坟茔。在回去的路上，我们即便是再哀伤也会找出一些话题借机和祖母搭讪，因为我们深知父亲——祖母唯一的儿子在老人家心中的分量。

　　祖母去世后，我们在清明时节回去的时候，带去的金纸元宝、纸钱和冥币都增加了许多，上坟又多了一个去处。因为父亲去世的时候，祖父母都健在，依照当地的习俗拔了新灵地。而祖母去世后，则按照老人家的遗愿葬入了老坟。患上老年痴呆症的祖父，在清明时节却不知道我们何故回家，甚至已不知道除我之外的家人是何许人也（我是祖父母带大的孩子，我依然是患了老年痴呆症的祖父印象里的"闺女"），也不再怕我因悲伤难过而哭泣，见到我时反倒时不时地问我："你从老时庄来的时候看见你祖母了吗？你见了她，就说我让她回来给我做饭，我不能老吃饭店里的老太太送来的饭（我母亲送去的饭），那多浪费啊！"面对祖父痴痴呆呆的问话和他一脸的迷茫，我的眼睛湿润了，不知道该怎样来回答我辛苦劳作一生的祖父。我知道他是想念陪他走过七十多年婚姻的祖母，在潜意识里，老人家依然秉承着节俭的习惯，他嘴里的老时庄或许是我家的祖坟吧！

祖母去世两年零五天，祖父也去世了。

祖父母两人都在世上走过了八十八个春秋，可谓是寿终正寝。对于老人家的去世，我们虽然都十分悲伤，可已坦然地把它看成是一种生老病死的自然规律，已没有了父亲去世时的那种切肤之痛。

记得小时候的一个清明节，我跟祖母去给曾祖母上坟。当时刚有记忆的我问祖母那个土堆里面有啥，祖母告诉我说那里面是曾祖母的家。接着，她又指了指曾祖母坟前偏东一点的地方说，以后这个地方就是祖父和祖母的家。我当时听不懂祖母的话，疑惑地睁大迷茫的眼睛，呆呆地看着祖母纳闷：曾祖母的家怎么用土埋起来了？祖母有好好的家，怎么说以后这里是她家？是她要搬家到曾祖母坟边去住吗？这个问题一直困惑了我好多年。

等到祖父母都去世后，我渐渐明白了，坟墓总有一天会成为我们所有人的家。这就是生与死的自然规律，正如季节的轮回、昼夜的交替一样，谁也改变不了，谁也幸免不了。祖母的这句话，很长时间，我都没有感到有任何的悲凉，等祖母、祖父和母亲都相继去世后，我忽然感觉到这句话是多么的悲凉！

往昔去给父亲扫墓的清明时节，一来是去给父亲扫墓，二来去看望老人。去的时候心情虽沉重悲伤，却总有一种浓浓的亲情牵引着我们的脚步。老人们都相继去世后，留下的只有思念和悲伤。在这特殊的日子里，让我们更加感到，每一个老人都是挡在我们面前的一堵坚实的墙，在苍茫的红尘里为我们遮风挡雨，甚至是为我们抵挡着死亡。如今，挡在我面前的这一堵堵的墙都相继倒塌了，无情地把我们推到了风口浪尖，让我们直面风雨，让我们直面生死，让我们感受着没有疼爱、没有牵挂的苍凉。

在清明的哀思里，透过纸钱燃烧的火光，让我们感到了人类的生命是多么的渺小，多么的脆弱，多么的短暂，就像燃烧的纸钱一样，很快就会随着清风的流转而灰飞烟灭。在人们扫墓、添坟、焚烧纸钱等方式的祭奠里，又让我们感到了生命的延续是多么的坚韧，她就像一个长长的链条，由无数个紧紧相连的生命组成，一个生命逝去了，新的生命还将持续，而活着的人，总会对逝去的生命充满怀念，在岁月的长河里延续着人类生生不息的生命规律。

# 冬至饺子

冬至那天，北方有吃水饺的习俗。

冬至前夕，丈夫突然对我说，他小时候吃的饺子，馅儿是母亲用刀一下一下剁出来的，至今都让他留恋。

"每逢佳节倍思亲。"冬至虽然不是大节，但也是一年一度的冬天的传统节日。丈夫那样说的时候，眼睛湿润润的。我故意避开他的目光，不忍心打断他对母亲的追忆。

丈夫的举止，如同引流管一样，童年里有关饺子的种种记忆如开闸的洪水奔泻而来。每年冬至前几天，我和弟弟、妹妹都会缠着祖父和父亲，让他们用竹子给我们每人做一副饺子叉，放学后便拿出来，宝贝一样地欣赏。冬至那天，等祖母和母亲包好的饺子一出锅，我们便让它们派上用场。如今又到冬至，祖父母和父亲却在另一个世界，再也吃不到冬至的饺子。不知道他们在天堂里是否也过冬至，是否也能吃到饺子？

虽然我们以前吃饺子，大多都在超市里买现成的速冻水饺。可今年的这个冬至，经丈夫那么一说，我便买了上好的猪肉，破例用丈夫说的祖辈遗传下来的方法——用刀一下一下地剁制饺子馅。

因住的是楼房，剁馅时又怕惊扰邻居，我在案子下面铺上一叠厚厚的报纸，这样就把剁馅的噪声，减少到了最低限度。我打开音响，让舒缓的曲调伴着我，一上一下不停地剁着那块肉，随着我上上下下的剁砍，肉一点点变碎，逐渐成泥。我学着祖母当年的样子，用刀面在肉泥上抿出一个光面，这样就很容易判断出肉馅的细碎程度。

我把洗干净的大葱和姜耐心地切碎，剁成泥状。切剁的过程中，葱的辛辣直冲我的眼睛，我一边流泪，一边剁葱和姜，泪流满面地完成了剁制过程。

我把剁好的猪肉、大葱和姜掺和在一起，加入食用油、麻油、精盐、老抽、鸡精、味精、调馅料等佐料，调和均匀，猪肉大葱饺子馅便做好了。

我把和好、醒好的面块团成条状，切成一个个小面团，用小擀杖随着轻缓的转动，擀成一个个圆圆的面皮，在面皮里放上馅，伴着我的爱心，两只手的拇指和食指用力一捏，一个个水饺便在我的手下诞生。看着我包制的水饺安放在面板上，心里有一种说不出的成就感。每一个饺子都包着我对亲人的爱，包着我的奉献和付出，包着生活的欣喜和满足。

煮饺子的时候，丈夫和女儿像两个随从一样不离我的左右。等我把饺子煮熟，先盛了两碗，学着祖母当年的样子祷告着。我瞟了一眼丈夫，他装作视而不见的样子，眼睛里却流露出一种欣慰。

看着丈夫和女儿津津有味地吃着饺子，心里有一种说不出的高兴。丈夫边吃边连连夸我包的饺子味道好。尽管他天天在外面吃饭，却说就连海鲜城的饺子，也没有我做的饺子味道鲜美。女儿也附和着说我做的饭是天下第一美味。

得到丈夫和女儿的肯定和赞美，半天的劳顿和疲惫在他们亲切的褒奖声里烟消云散了。为作为一个小女人而幸福着我的幸福，快乐着我的快乐。

## 当之无愧的主角

伫立阳台，举头望月，母亲含笑的容颜模糊了一轮皎月，静静地与之凝望对视，两行清泪潮湿了夏夜。

今天是母亲一七的祭日，悲伤的心情无法用语言来描述。除了哭泣，我不知道怎样才能排泄出内心的悲伤？

母亲心脏病发作后，妹夫在第一时间拨打了 120 急救电话，把母亲送到了仅有三十米之隔的创伤医院。妹妹也在第一时间第一个打电话通知了我。当我以最快的速度赶到医院的时候，母亲却已在急救室里停止了心跳和呼吸。娘啊！是您太狠心，还是我不孝？为什么就不能等我二十分钟！给我说句话，看我一眼再走！

当医生告知我母亲死亡的消息时，那种切肤的痛楚击碎了我所有的神经。那一刻，我跪在母亲面前，抓住母亲的手，歇斯底里地号啕痛哭。只有哭，此外我不知道我该怎样来表达我内心的悲伤。

母亲走的那天，虽然是 39℃ 的高温天气，而母亲的手脚却冰凉冰凉的，像是没有一丝温度。我紧紧地抓着母亲的手，却不能给她输入我

37℃的体温。我歇斯底里地痛哭着，如果母亲有知，不知道她该多么心疼？晃着母亲的手，她却不能动弹一下，哪怕是一个暗示的动作都没有，更不能为我擦掉悲伤的眼泪；我就跪在母亲的身边，她却不能给我说一句话，不能看我一眼。

在创伤医院上班的表弟媳妇端来了温水，我细心地给母亲擦着脸和身子。母亲爱干净，我耐心地为母亲擦拭，一点一点地擦拭着母亲的脸、眼睛、耳朵、脖颈、胳膊、腿和脚。没想到，我第一次为母亲洗脸擦身子，竟是在母亲走了以后，而她却感觉不到，不能给我一个会心的笑，更不能给我说一句话。

死人，平素对于我们来说，多么可怕！然而，当我亲手给母亲擦洗、梳理、穿衣服的时候，却一点都不害怕，感觉母亲像是睡着了一样。可是无论我们怎么哭喊，她都不能醒来，更不能看儿女们一眼，给儿女们说一句话。

当灵车载着母亲的遗体和我们姐弟走到家门口时，我在绝望里感到，那从小生活的家是多么的陌生；同时也豁然明白：令我们时刻牵挂的家，无非是里面有生养我们的老娘。"七十八十有个妈，天涯海角有个家。"没有了妈，也就没有了家；没有了妈，就意味着世上再也没有人牵挂我们。

"世上只有妈妈好，有妈的孩子像块宝……没妈的孩子像根草……"随着母亲远去的脚步，转眼之间，我们由一块价值连城的"宝"变成了一根土坷不如的"草"。没有了父亲的庇护，没有了母亲的爱抚，"孤儿"一词便抵达我们的面前，不管我们如何拒绝，如何抵挡，如何抗拒，它都死死地抓牢我们，强硬地把我们收编。

母亲喜欢享受儿女绕膝的天伦之乐，希望儿女能多陪陪她，用亲情排遣她的孤独和寂寞，可是我们做儿女的，都各自有自己的家，有自己的生活，总是在母亲的翘首期盼里匆匆地去看望她，继而又在她无奈的凝望里匆匆地离开她。没想到母亲渴望的儿女们陪伴她居住的愿望，竟是在她走了以后为她守灵的时候才得以实现。我们姊妹在从小长大的老屋里，守着母亲的棺木，当着母亲的遗体，诉说我们成长中的陈年旧事，忏悔着自己的遗憾，一任泪水泛滥成河……我们都很清楚，那是我们守着母亲的最后一夜，也是我们姊妹在老屋居住的最后一夜，也可能是我们姊妹在一起居住的最后一夜。娘啊！您希望看到的儿女绕膝，守着您，陪着您，您却不能看我们一眼，给我们说一句话，更不能为我们拭去悲伤的泪水。

总以为，我从小由奶奶抚养长大，而我也做到了不计前嫌，怀着对逝去的祖父母和父亲不能尽孝的遗憾，加倍地孝敬了母亲，等她百年之后，就不会再有遗憾可言。可是，当看到母亲闭眼的那一刻，我的心碎了，太多太多的遗憾袭上心头，如同蛀虫一样吞噬着我的心灵，令我内疚，令我惭愧，令我自责，令我遗憾！我上班忙，怎么就不能晚上去陪陪母亲？和丈夫商量了好多次要带母亲去旅游的计划，怎么就没得以实现？我刚买的新楼房，母亲问了好多次，怎么就没有带她去看看？牡丹花开时，我给母亲打了无数次电话让侄女陪着她过来，我和丈夫带她去看牡丹，可她怕我花钱却执意不来，我们怎么就没有把母亲接来，让她赏最后一次牡丹？我家刚买的超薄数码彩电母亲还没有看一眼，怎么才能再让她过目？我答应母亲等女儿做了空姐就带她去坐飞机观光旅游，女儿还有三个月的培训时间就该上飞机飞了，她怎么就不能等一等？母亲的煤气用完了，我还没有来得及给她灌，如今灌了她又怎么才能用得上？母亲说她想要个电动三轮车，我为什么说她身体不好而阻止她……娘啊！您可知道，太多太多的遗憾宛若锋利的刀剑，割得我遗憾的神经鲜血淋漓，让我的心好疼、好痛！令我今生今世都在自责和遗憾里举步维艰！

父亲在世的时候，我们都觉得父亲顶天立地，一个人就撑起家。如果说父亲像一棵参天大树，那么母亲就是匍匐在他脚下的一棵小草，用卑微的绿色装点我们的生命。然而，时隔二十三年之后的今天，我们起来了，父亲的尸骨与母亲合葬。当我们长跪在父母的坟前悲哀痛哭的时候，我们却意外地发现，在无意识的哭喊声里，我们几乎口口声声都在哭喊着娘，偶尔才会喊一声爹。葬礼是父母的葬礼，然而母亲却成了主角，父亲却退居在配角的位置。娘啊，是您——一个弱女子，在父亲走后，无怨无悔地用柔弱的双肩扛起了一个四世同堂的大家庭，为祖父母养老送终，操持子女成家立业。这样的事情说起来容易，用文字表述也就一两句话。可有谁知道，在这二十三年的艰辛里，您流了多少汗水，付出了多少辛劳，耗费了多少心血？才让一个摇摇欲坠的家走出了困境，日渐富足。娘啊！您二十三年的心血和汗水，儿女们都看在眼里，记在心里，是您无怨无悔的付出证实了您不再是配角，不再是小草；您和父亲一样是参天大树，是当之无愧的主角，是儿女头顶的一方晴空，更是子孙后代们永远怀念和铭记的功臣！

去年的麦黄杏熟时，我带着母亲去烧香还愿，巫婆还说她九十三岁才是寿终时，当时我和母亲都比较高兴。在回去的路上，说到母亲的阳寿，她兴奋之余却又发出一声轻轻的叹息，当我问起原因时，母亲说，如若真活那么大年纪，会把儿女都给拖累垮的，她说自己不想太拖累儿女们。如今，距离母亲九十三岁，还有二十二年的光阴。以后的二十二年里，我们的孩子都长大了，经济也宽裕了，该是母亲享清福的时候了，难道母亲真的不忍心拖累儿女就这么悄无声息地走了？娘啊！您心疼儿女，可是您是否想过，没有您，我们就没有了家！我们多么希望七十八十都有妈，七十八十都有一个家啊！您就这么突然地走了，给我们留下的是碎心的遗憾和望眼欲穿的思念，这样的打击岂不是让儿女们更悲伤、更难过？

母亲最后的日子在小妹家居住，当我和丈夫一起去接她到我家居住的时候，她却说在我家太清闲，除了看电视就没有别的事情可做，而妹妹家做生意忙，她多少能帮点忙，一再坚持住在小妹家。她曾多次告诉我说，麦收时她要回去给弟弟家看麦子。然而麦收在即，她还没有兑现给弟弟家看麦子的承诺，就突然悄无声息地走了，再也不能回来……

如今，冰箱里还放着母亲在妹妹家亲手给我蒸的馒头和包子，而母亲却被一层薄薄的黄土阻隔在另一个世界，与我们阴阳两隔。

茫茫人海里，只有一个人是自己的生身母亲。如今她却走了，丧母的悲痛令我们痛不欲生，无论夏风带着多高的温度，怎样恣意地掠过面颊，都不能风干我们怀念母亲长流的泪水。

文字难述我对母亲的留恋和遗憾，泪水冲刷不掉我无边的思念！

## 对不起，我弄丢了你最初的记忆

　　时光回溯到我刚完婚的日子，一个闲暇的时候，我拿起婆婆家的一本影集，饶有兴趣地翻阅起来，想从那些或黑白或彩色的影像里解读我新婚的丈夫及其家人。

　　我坐在沙发上，聚精会神地翻阅着影集，不知何时婆婆已坐在我的身旁，她滔滔不绝地耐心为我讲解着每一张照片的来历及其背后的故事。

　　一张一寸见方的黑白着色照片牢牢吸引住了我的目光——那是一张几个月大的男婴的照片。照片上那个虎头虎脑的小男孩儿，身上穿着一件嫩绿色的背心，光着屁股被卡在一个用作照相道具的木制座椅上。男孩儿裸露着的四肢胖乎乎的，圆润润的，如同刚刚出水的莲藕，一节一节的，煞是可爱。座椅前端的木板上有个诱人的红苹果。小男孩儿两只胖乎乎的双手捧着那个看似捧也捧不动的比他的手大了很多的红苹果，高昂着头，瞪得圆圆的大眼睛盯着前方，嘴角一滴儿摇摇欲坠的口水恰到好处地装饰着他的顽皮。可以想象当时的情景，当他看着那个令他垂涎欲滴的红苹果正欲俯身动嘴啃的时候，恰好被黑布遮蔽得严严密密的防曝光装置里探出头来的摄影师用一阵猛烈的摇铃声，抑或是带响声器具的声音惊得猛然挺胸抬头，随之被摄影师快速地将这一可爱的瞬间定格成了永恒。

当我还沉溺在自己的想象中没有回过神来的时候，婆婆告诉我：照片上的男婴是她八个月大的四儿子——我的丈夫，那是他人生中的第一张照片。天哪！我简直不敢相信，我那人高马大的瘦高个儿丈夫婴儿时竟是如此可爱！

见我久久地凝望着那张照片出神，婆婆像是看穿了我的心事，小心翼翼地从影集里取出来，递到我的手里，像是递给了我一件价值连城的宝贝瓷器，那种小心像是怕她或是我稍一疏忽就会跌得粉碎。她语重心长地对我说："这张照片我保存了二十三年，现在我把它交给你，你可要保管好哦！"

我郑重其事地接过婆婆递来的那张方寸大小的黑白照片，细细地品味着婆婆语重心长的双关之语，感觉那张小小的照片似有千斤之重。她托付给我的岂止单单是一张照片？她是将她心爱的儿子与链接着她儿子最初记忆的信物一并托付给了我！毋庸置疑，那是一颗母亲的心，那是一个母爱的缩影，那是一个女人对另一个女人的信任与重托！

我把丈夫的婴儿照片放在影集扉页的显要位置。每当拿出来与丈夫一起欣赏的时候，他总是一边欣喜地看着照片，一边给我讲述他的成长故事……

丈夫是公婆最小的儿子。人说皇帝老儿，独爱小儿。连皇帝老儿都偏爱自己最小的儿子，更何况身为凡夫俗子的公婆呢？他们自然会对自己的小儿子宠爱有加。

丈夫小时候偏爱甜食，最喜欢吃糕点。

七十年代的初期，物质还相当紧缺，生活还十分困难，糕点还是不可多得的美食。虽然每一个孩子都是父母的心头肉，要让六个孩子都能美美地吃到糕点，当时的公婆尚还无能为力。但是，只要小儿子说要吃果果（糕点），他们就会立马从高高悬挂在房梁上的馍篮里取出存放的糕点，让他独自享用，而其他的几个孩子则只能望着他津津有味地吃着而垂涎欲滴……

　　小时候，婆婆为丈夫与其妹妹穿衣服、鞋袜的时候，被父母娇宠的他总是每一次都要让母亲先给他穿戴，否则的话，他会一直哭闹，直到母亲再脱掉已为妹妹穿好的衣服或是鞋袜，给他穿戴好之后再给妹妹穿为止……丈夫看着他那张小小的照片，总是那么悠悠地徜徉在美好记忆里，自责的同时，更多的是沉醉在幸福记忆的温馨里……

　　后来有了女儿。当女儿与他照片中年纪大小的时候，他总是一边欣赏着那张小小的照片中的自己，一边与女儿的相貌作比较，同时也免不了对我哀叹："哎！可惜你没有几个月大的照片，不知道女儿是像你多一点儿，还是像我多一点儿……"

　　"也难怪别人会夸我女儿漂亮，你看她那脸蛋，那眼睛，那鼻子，那嘴巴，显然就是我的再版……"得到我说像他更多一点儿的肯定之后，他就那么陶醉在一种自我欣赏里，幸福地津津乐道。

　　女儿咿呀学语的时候，当我指着丈夫的婴儿照，教她喊"爸爸"的时候，她却瞪着一双茫然的大眼睛指着那张照片连连纠正我道："弟弟！弟弟！"面对天真无邪的女儿，丈夫被逗得哈哈大笑的同时，又沉醉在温馨的记忆里……

　　后来，丈夫的那张婴儿照在几经搬家中不慎遗失，每每想起，我内心都会泛起阵阵的不安与惋惜。虽然丈夫未曾埋怨过我，可我总感觉自己既辜负了婆婆，又对不起他，愧疚之情常常泛起，对他说道："对不起！是我不慎弄丢了你最初的记忆！"

# 我的生日在路上

　　曾听祖母与母亲不止一次地说过，四十多年前的今天，将要临盆的母亲不顾我在她腹中不安分的闹腾，依然与父亲一起去参加她大伯母三周年的祭祀。还未等到上坟，我就更加不安分地踢腾起来，甚至是横冲直撞，令母亲在阵痛里不安起来。于是，她便与父亲提前回家。

　　一路上，母亲忍着一阵阵的疼痛走走停停，好不容易才走回了距娘家二里多地的家。母亲到家大约十分钟的正午时分，我就在全家人的期盼里降生了。我呱呱落地的第一声啼哭让母亲忘却了撕心裂肺的疼痛，幸福与欣慰的微笑荡漾在脸上。从此，每年农历的十一月二十七日，既是母亲受难的纪念日，也是我的生日。

　　父亲在世的时候，每当我问起自己的生辰八字，他总是十分肯定地说我是在子时出生的。尽管有老祖母与母亲的一再否定，可我却依然固执地相信父亲的言辞，坚信一向疼爱自己的父亲将女儿的生辰八字刻入了记忆。以至于父亲去世多年之后，我都一直坚信自己是子时出生的孩子，同时，也期待着命运之神时时带给我好运。

"不当家不知柴米贵，不养儿不知报娘恩。"当我经历了十月怀胎的艰辛与一朝分娩的疼痛生下女儿之后，再听母亲说起我出生时的情形，即便是她说得轻描淡写，我也会于不知不觉里泪湿双眸。我坚信母亲生我如我生女儿一样，将每一个细节都融入了血液，植入了骨髓，刻入了记忆，她怎么会将我的生辰八字记错呢？她给我提供的生辰八字必定准确无误，且丝毫不差。虽然也曾因非子时出生而失落过，但是，细细想来，仅仅是一个出生的时辰，又怎么能决定一个人的命运呢？午时出生，一出世就有阳光相伴，岂不是更好吗？或许，我的心地善良、乐天达观、率真坦然、豪放不羁的性格，正源于我出生时的阳光相伴。

　　我是祖母带大的孩子。小时候生活还相当困难，可每当我过生日的时候，祖母总是想方设法地给我做一碗长寿面，再煮几个鸡蛋。长寿面是祖母亲手擀的，鸡蛋是家里喂养的母鸡下的。鸡蛋多的时候，姊妹们与我一起分享；鸡蛋少的时候，我独自享用。祖母还会在那些生日鸡蛋上扎出几个孔，然后在我的头上滚动几下，才让我吃。说那是给我滚来好运，并让我以后多长几个心眼儿。我这一生不知道究竟吃了多少个祖母给我扎了孔的生日鸡蛋，却没有多长心眼儿。毋庸置疑，它饱含了一个老人对孙女儿最朴实的爱与祝福。

　　参加工作之后，工作的压力与生活的琐碎，我于忙忙碌碌中年复一年地复制着单调的日子度过似水流年，也曾一度忘记了自己的生日。

　　有一次，我正赶在生日那天回了娘家，我年过八旬的祖母一如我小时候一样，亲自给我做了一碗手擀长寿面，还煮了一些鸡蛋，并将那些鸡蛋都扎了孔，又在我头上滚过之后才让我吃。当我满心欢喜地接过老祖母递来的长寿面与生日鸡蛋的那一瞬间，我却情不自禁地大哭起来，而且哭得一塌糊涂。是激动，是委屈，是伤心，是感动，是感恩，还是惭愧？我自己都说不清楚，却一直伤感地哭，矫情地哭，大声地哭，弄得祖母一边陪我落泪，一边安慰我说忘记生日好。

那是我自一九八七年离开家读师范之后的二十多年里的唯一一次过生日。

去年冬天，我在女儿的住处小住了几天，其间适逢我的生日。那天，当我还在梦中时，女儿的轻轻柔柔的一声"生日快乐"把我从梦中惊醒。

睁开惺忪的睡眼，如花似玉的女儿微笑着站在我的面前，此时的她已化好淡妆，一袭空姐工装穿戴整齐，准备去机场上早班。感受着蓦然来临的幸福与温馨，身处三九寒天的我内心泛起春天般的温暖。

万家灯火齐明之时，女儿提着一个偌大的生日蛋糕与大包小包的东西回到了家，让因忙碌又淡忘了生日的我再度想起了自己的生日。听着女儿再次甜甜的"生日快乐"的祝福声，望着那个偌大而别致的生日蛋糕与一些生日礼物，突如其来的幸福与温馨如一坛千年佳酿，无须品尝，仅仅轻轻一嗅，就足以令我欣然沉醉得飘飘然了。

女儿顾不得脱下工装，就郑重其事地给我带上寿星帽，接着点燃了生日蜡烛，然后又关掉房间内所有的电灯，拍着手欢快而动情地为我唱起《祝你生日快乐》。

听着女儿悠扬悦耳的歌声，望着荧荧烛光营造出的满屋浪漫，我的心醉了。醉在那悠扬的歌声里，醉在那亲情的温馨里，令我在那久违的欣喜若狂里如痴如醉。当我闭上眼睛双手合十许愿的时候，女儿手持相机，"咔嚓咔嚓"地用镜头记录着我生日的感动。缥缈里，我感觉一向低调的自己忽然间就变成了生活的主角，变成了高贵的女王，感觉彼时的自己就是天下最最幸福的女人。

那是我有生以来异乡度过的第一个生日，它让我终生难忘。

我的生日虽然处在三九寒冬的季节，但是，有我出生时母亲留下的故事温润我生命的底色，有老祖母陪我度过生日的情形给我的人生带来的温馨与感动，有女儿陪我度过生日的画面在我生命的画布上涂下的幸福而浓重的一笔……正是这一个个的故事，一个个的记忆，串联起来，组成了我生命的链条，记录了我生命的片段，点缀了我生命的精彩，令我感受到了季节之外的春天之暖，令我的人生变得绚烂而美好，令我一生都回味无穷。

漫漫红尘，岁月悠长，我的生日在路上……

## 母亲节的鲜花

礼拜天上午，我往阳台的封闭窗上挂遮阳帘时，发现帘子的缝合处有几处开线，于是，我撑开了久违的缝纫机。随着双脚的踩动，缝纫机"嗒嗒嗒嗒"地发出一阵有节奏的韵律声。俯身缝纫机前，偶尔地一抬头，母亲的身影映照在眼前的窗玻璃上。我惊愕地瞪大了双眼，仔细地看了又看，蓦然间发现原来是自己的身影模糊成了母亲的影像，心头不免掠过一阵哀伤。

自我有记忆时起，母亲就俯身在缝纫机上劳作。小时候，我们身上的衣服，还有那不可多得的玩具和水果糖，以及相对较好一些的生活，都是她和父亲靠着一台脚踏缝纫机加班加点帮别人缝制衣服换来的。父母的一生和缝纫机结下了不解之缘。家里的这台古董般的缝纫机在历经了几次搬家之后，仍然能保存至今，多亏了母亲的一再叮咛。

转眼之间，母亲去世就将一周年了。在这近一年的时间里，所有与母亲有关的事物和话题都能引起我对母亲深深的眷恋，引起我对母亲深深的怀念，引起我痛失慈母的无限哀伤。忽然，一阵清脆的门铃声掩盖了缝纫机"嗒嗒"转动的声音。

"阿姨，母亲节快乐！我和您的女儿是同学，她前几天给几个同学打电话，他们几个都有事。她最后才找到了我，说让我帮她订了这束鲜花送给您，祝您母亲节快乐！"男孩一边给我送上母亲节的祝福，一边自我介绍着以及简述着女儿的嘱托。

思绪恍惚间，女儿的同学渐渐远去。望着他远去的身影，我忽然想起昨天女儿从济南打来的电话，她一再说她母亲节不能回来，问我想要什么礼物。哦，原来今天就是母亲节！

远在济南上班的女儿有一份稳定的收入，这是我作为母亲的最大欣慰。但是，我实在不忍心让孩子花钱给我买礼物。电话中女儿听我一再推辞，也就没有再坚持。今天，看着手里这束幸福的鲜花，我终于明白：孩子想用自己的方式给母亲一份特别的礼物，给母亲一个意外的惊喜。

我双手捧着这束鲜花，一种无边的幸福感伴着阵阵清香将我包围，将我浸润，将我燃烧。生活里，我本人一贯节俭，不会浪漫，也不懂浪漫。每当丈夫在一些重要节日或纪念日想给我买花或纪念品的时候，他那"蠢蠢欲动"的想法还没启程就被我当头泼去的一盆冷水浇灭了。今天的这束鲜花是我今生第三次收到的鲜花。第一次是女儿上小学时的一个情人节，女儿用平时积攒的零花钱买了一束鲜花交给丈夫，让他作为情人节的礼物送给了我，可丈夫最终还是没有沉得不住气，告诉了我实情；第二次收到鲜花是女儿高考那年的情人节，我带她在外地参加艺考，女儿给我买了一束火红的玫瑰花交给我时说是她爸爸交代让她代买的，是她爸爸送给我的情人节礼物（其实她爸爸根本就不知道这件事）。

双手捧着这束鲜花，感觉她好像足有千斤的重量，这不单单只是一束鲜花，她是孩子的一份心意，是孩子的一份孝心，是孩子对母亲的尊重。久久地陶醉在花的清香里，脸上的笑容凝成一朵菊花与手中的鲜花一起绽放，热泪却忍不住迷蒙了双眼，模糊的泪光里母亲望着我在幸福地笑……

　　母亲在笑，丈夫在笑，我也在笑，想必女儿也一定在笑。与此同时，我眼里涌动的热泪却"扑簌扑簌"地滴落下来，落到手中的鲜花上。

# 大半个世纪的距离

立夏已过，万物生长，欣欣向荣，小麦又到扬花期。我做梦都没有想到，与隔了大半个世纪的二姑妈的相见，竟然是在一方正扬花的麦田里。

二姑妈静静地躺在那块肥沃的土地里，一躺就是五十六年——半个多世纪。如今，又躺进了一口新的棺木里。我们没有见过她，五十六年前她走的时候，我们好多人还没有出生，我们不会拥有那么长的时间去想她！她留给我们的只是一个模糊的称谓——二姑妈。即便是这个模糊的称谓，也被姑父的续弦占据了。但是，每当说起她的时候，我们会十分真诚地惋惜那一份消失的亲情，诚挚地哀叹她的英年早逝。

二姑夫的去世，我们都很平静。毕竟他年事已高，而我们也都历经了沧桑，历经了太多的死亡。生老病死早已让我们看作是红尘轮回里的自然规律。可当我听说要起二姑妈的尸骨与二姑夫合葬的时候，一种莫名的激动冲刺着我麻木的灵魂。虽然，我和二姑妈未曾谋面，可她身上曾流动过和我来自同一祖宗的血——正是源于这浓于水的血缘，注定了

131

我们一脉相连的亲情，也注定了她是我今生未曾谋面的亲人。或许正是为了二姑妈能有今天，我们家才接纳了二姑夫的续弦——那个一直被我们视为二姑妈的续二姑，也让我们把她的儿女当成了自己的亲表兄弟、亲表姊妹。

在我很小的时候，就听老祖母说起过二姑妈。她说二姑妈是她最中意的一个女儿，不仅人长得漂亮，而且聪明伶俐，从没有惹她生过气。二姑妈生有两个女儿，二十四岁的时候因生二女儿患产后风不治身亡。二姑妈去世之后，在那个缺吃少穿的年代里，祖父、祖母和其他亲人，都没有能力抚养她刚生下不久的女儿，只能带着遗憾默许二姑夫将那个襁褓中的女婴送给了一对不能生育的夫妇收养。那个二表姐被收养不多久，她的养父不幸去世，她却随着她的养母改嫁外地而下落不明。老祖母曾几次找到她的养母百般打听她的下落，却都被她的养母以死了的理由给打发了。为此老祖母不知道流了多少眼泪。那个下落不明的二表姐竟成了老祖母生命里的刺青，一针一针地扎出她生命里的血珠，成为一生的心病和遗憾，也成为她一生都解不开的心结。

也曾听母亲说起过二姑妈。在母亲的记忆里，二姑妈高高的个子，瘦瘦的身材，腰身挺直，皮肤白皙，双眼皮，大眼睛，皓齿红唇，是我四个亲姑妈当中最漂亮的一个，只是二姑妈干活好像是不太本事。在我的印象里，我的三个姑妈个个都人才出众，干啥啥行。按照母亲的描述，我依然想象不出那个最漂亮的二姑妈究竟有着一副如何娇美的模样？每当想到这个问题，我都会搬出我的祖父母、父亲、三个姑妈、大表姐、我们姊妹等，把二姑妈的这些亲人们都一一地排列在一起，于这些人当中一点点地勾勒取舍，一点点地临摹涂画，但终究都临摹不出二姑妈的肖像。

葬礼上，我见到了二姑妈的闺蜜——我的一个堂姑奶奶，她也是前来参加二姑妈的第二次葬礼的。八十岁高龄的老姑奶奶身板硬朗，嗓门洪亮，她念叨着二姑妈。她说她和二姑妈同岁，从小前后院住着，她们一起玩耍，一起长大，一起纺花、织布、做针线。可巧的是，她们又都嫁到了同一个村子，本想着能做一辈子无话不谈的闺蜜，没想到二姑妈竟然英年早逝……自始至终都是眼泪汪汪的，不难看出她依然走不出长达半个多世纪痛失闺蜜的悲伤……

我和姐姐问起二姑妈，姑奶奶说二姑妈长得十分漂亮，像我姐姐那么高——净身高一米七〇左右，看起来又高又瘦，又好看，是当时三五个村子都难找的漂亮女子，而且她又精明能干会办事。当我们说起二姑妈做事像是不太本事的时候，姑奶奶立刻瞪大眼睛矢口否定，并强调说我二姑妈干啥啥中，做啥啥行，并说我母亲嫁进门的时候二姑妈就已患病了，不多久就去世了，母亲印象里的二姑妈是生病的二姑妈。我们从姑奶奶的描述里对我那未曾谋过面的二姑妈又多了一份了解，也多了一份惋惜。

在奔丧之前，我还给姐姐说，我不想参加这样的葬礼——二姑夫是"三不亲"当中的人，二姑妈虽然是亲姑妈，可我们出生的时候她就已经死了好多年了，况且我们一直把那个续二姑妈当成了她。除了来自同一祖宗和有个大表姐之外，我们和她就像两条永远都不能相交的平行线一样，无论在红尘里怎样延伸，都没有任何的交汇之处，即使有烈烈经幡助阵，有阵阵哀乐催泪，可能还是会哭不出眼泪来，这样既让外人耻笑，自己又跟着受罪。姐姐说她也有同感，可是人活在世，很多事情并不能只按着自己的意愿进行，红尘中的一些世俗礼节，人们又不得不循规蹈矩地去遵循。

葬礼当中，我们作为娘家人，喊出来大表姐和我们一起到那块麦田里去祭奠二姑妈。没想到，当我看到那口盛放着二姑妈皑皑白骨的棺木的时候，一种莫名的悲伤从心底油然而生，情不自禁地放声大哭起来，眼泪如决堤的洪水汩汩流淌——为失去的亲情，为早逝的生命。

三个姑妈悲伤的哭声，声声都刺痛我的心灵。三个姑妈对于无父无母的我们姊妹来说，无疑是我们在这个世界上最亲最近的亲人，也正是她们给了我们最温暖的亲情至爱。倘若我的二姑妈活着的话，她必定会与我的三个姑妈一样关心我们，疼爱我们。我们在这个世界上就会多一份亲情，多一份依靠，多一份温暖！

　　滚滚红尘中，如果真有神鬼之说，真有灵魂存在的话，我相信，二姑妈一定会微笑着，热情地接待我们，真心地护佑我们！

# 大舅的葬礼

立冬之后，大舅如同一枚落叶，还没有等到第一场小雪的浸润，就在寒风里飘零了……

大舅八十二岁高龄辞世，可谓是寿终正寝。

得知大舅辞世的消息，心里像有一把锯，来来回回地锯痛亲人远去的悲伤，模糊的泪光里，病榻上，大舅孤独无助的身影在眼前晃来晃去……

大舅偏瘫后，在病床上躺了三年多。在这三年多的时间里，表姐和表哥们都竭尽全力地伺候。可毕竟他们都是处在中年，上有老下有小，即要为生活奔波，又为其他事情忙碌。他们去忙其他事情的时候，大舅则一个人躺在病床上，一动不动，表情麻木，两只空洞的眼睛像是紧盯着某处，又像是什么都没有看见，每天就这么看着房间内熟悉得不能再熟悉的一切，用他那"眼珠间或的一轮"证明自己尚有生命存在，他就这么守着孤独和寂寞，一守就是三年多。

如今，大舅走了，脱离了红尘，到了另一个世界。不过，这样也好，不用忍受病痛的折磨……在那里，有他的父母、妻子、姊妹、朋友……唉，我知道，这其中就有我的父母。对于大舅的报到，不知道他们是喜，还是悲？总之，他们会陶醉在重逢里，有说不完的话题。

灵棚肃穆，经幡高挑，哀乐阵阵。灵棚前，大舅和大舅妈的遗照并排摆放。大舅微笑着，须发皆白，一幅老态龙钟的慈祥模样；二十多年前的大舅妈依然尚在中年，她还是那么年轻，那么亲切，那么和蔼，和去世之前一模一样，让人感觉她像是在梦里一样，离我们很远，很远……有关她的记忆，早已模糊在风里。如今，隔着二十多年的距离，大舅和大舅妈又那么近距离地靠在一起，看上去俨然是一对老夫少妻。如果是事实，大舅有年轻的娇妻相伴，一定会令人羡慕，大舅也定会高兴得合不拢嘴。然而，事实恰恰相反，那是一种悲哀，是大舅妈英年早逝的假象。

大舅妈的早逝，让大舅饱尝了中年丧妻之痛；再婚，让大舅领略了"半路夫妻"的酸楚，领略了姻亲关系的复杂，也领略了爱情与家庭的矛盾所在。缘于种种原因，小大舅十几岁的第二任大舅妈于一年多前离开了他。一生经历了两次婚姻的大舅，临终却没有妻子的陪伴。这对于他来说，是一种不幸，是一种哀伤，也是一种心痛。我想：大舅生前在病榻上的时候，想得最多的或许就是他的两个妻子，想原来的大舅妈，是遗憾她没有陪他走完他的人生之路就撒手人寰；想后来的大舅妈，是想让她陪伴在他的左右，想让她用爱情给他延续生命的长度，想让她用柔情给他战胜病魔的力量，想让她用呵护给他驱赶病痛的坚强。然而，他生命里的这两个女人，一个在阴曹地府朝他招手，另一个却在阳世里弃他而去。病痛中，只有他一个人，在孤独和寂寞里走完了最后的红尘之路。

当哀乐送走为大舅吊唁的最后一拨人，大表哥开始为大舅净面。净面两个字从字面来看，像是一个无关生死的中性词，可它实质上却是一个隐藏着死亡哀伤的词语，它是封棺前的最后一道程序。瞻仰着大舅的遗容，看着大表哥在理事人的祷告声里以罗为镜、以棉为巾给大舅净面，为大舅洗去最后的红尘，让他轻松上路……

所有的亲人都强忍着眼眶里打转的泪水，唯恐哪怕是一滴泪的滑落，就会惊扰了大舅的长眠。我不知道这是第几次参加亲人的葬礼，每一次葬礼上，在逝者上路之前，人们都会按照习俗为其净面。然而，让我记忆最深的是二十四年前为父亲净面的情景。那一年，我尚在读师范。父亲生病期间，我没有能尽到做女儿的义务——床前床后地伺候他，这对我来说，是我今生永远都无法弥补的心痛。父亲要净面的时候，我哭着再三请求为父亲净面。然而，我不是儿子，更不是长子，习俗不允许，我只得看着大弟弟在大舅的指挥下为父亲净面。对，是大舅在指挥，大舅是父亲整个葬礼过程的总指挥。那时候，大舅正处在年富力强的年龄，又是当地出了名的明白人，理所当然地由他来指挥父亲的葬礼。他指挥着葬礼，如同指挥着千军万马。他指挥得那么果断，那么从容，那么周到，那么得体，让人感到死亡离他很遥远，甚至是被死亡拒绝在了门外，抑或是与死亡无缘。然而，二十四年之后的今天，大舅却安静地躺在棺材里，不声不响地听任着摆布，成了人们为之忙碌的主角儿。

出殡的队伍浩浩荡荡，哀乐在风中凄厉悠扬，经幡在风中猎猎作响，纸钱在风中悠然纷飞……古老的地排车拉着大舅的棺木"吱吱扭扭"地前行，如同一只蜗牛在哀伤里缓缓爬行，大舅躺在枣红色的棺木里，安静地，听着儿子哭得惊天动地，听着女儿哭得撕心裂肺，听着众亲人呜咽悲鸣……此时，如果大舅有知，不知道他将会是一种怎样的心情？我想他肯定会不安，他的灵魂定会在我们看不见的地方，来回奔跑着，拉拉这个，又扯扯那个，劝慰亲人们：生老病死是自然规律，不必为他的离去而悲伤……他在劝大家不要哭泣的同时，自己却早已泪流满面……

大舅的棺木被移入挖好的墓穴里，和大舅妈同穴而眠。十几把铁锹挥舞着，看不清起落，不大一会儿的工夫，大舅就被掩埋在黄土之下，隆起一个圆圆的坟头，如同一个句号，把大舅一生都封存在这个句号之下……

第四辑：抹不掉的记忆

# 十年记忆

不知道曾有多少个幽深的静夜，思绪都会穿越城市的闪烁霓虹，回到那个盛满我十年记忆的乡间小院里，或静，或动；或忙碌，或闲逸；或种菜，或赏花……我和丈夫都还是那么年轻，女儿还是那个可爱的婴儿或孩童。我们依然那么认真地用心临摹着日子，书写着我们三口之家的光阴故事。一切都是那么真实。

每当我从梦中醒来，我都久久地枕着一帘幽梦，不愿睁开眼睛，温存在梦境的春意阑珊里，想让幸福与温馨在朦胧中孵化出更多的幸福与温馨。

常常出现在我梦里的那个乡间小院，是乡政府机关的一个家属院。它虽然没有山间茅屋的古朴典雅，没有小桥流水人家的诗情画意，也没有高楼大厦的宏伟壮观，但它却是我和丈夫最初的家。在那里，我们一住就是十年。

人生是一场现场直播，它没有彩排和预演。如果人生能够重来，我相信很多人都会尽自己的所能去修正曾经的失误，弥补过往的不足，把自己的人生版图描画得更加绚烂而美好。但是，这种假设永远都不能成立。人们只有在虚拟的环境中，借助梦境的意向来填补现实的缺憾。我之所以常常梦里回到那个曾居住了十年的乡间小院，大概也正是如此之故吧。

我和丈夫婚前是同事，结婚后，我的一桌一椅一床的一间办公室，添置了煤火炉和简单的锅碗瓢盆，就成了我们临时的家。它虽然十分简陋，却也记录了我们新婚燕尔的快乐时光，承载了我十月怀胎的艰辛与初生小女的喜悦与幸福。

那时，我和丈夫都那么年轻，尚未沾染世俗的色彩，凡事不懂得挑选日子，便于一九九三年农历三月份随便撞了个日子，搬进了那个乡间小院，以至于我始终都不知道那次搬家的具体日期。

那个乡间小院是当时还很流行的红砖大瓦的砖木结构的建筑。家属院一排四家，位居于乡政府大院西侧，一条东西胡同贯穿起来。正是那悠长的胡同让我们感觉：在当时，我们的家属院虽然说不上高大上，却足以能与城市的家属院媲美。用邻居的话说："咱这家属院和小胡同，咋看咋和城里的家属院一样！"她一遍遍自豪地说着，心底的满足溢于言表。

阴雨天，每当看到有人撑着伞悠然地在胡同里行走，就会想起戴望舒《雨巷》里的那个"撑着油纸伞，独自 / 彷徨在悠长、悠长 / 又寂寥的雨巷"里的那个"结着愁怨"的"丁香姑娘"，诗意渲染着我们的庸常生活。

我家的小院大门朝南，由两间前出一厦的正房、一间厨房和一个南北狭长的小院组成。两间正房坐北朝南，厨房坐落在院子的西南角。

小院虽然不大，可源于我们当时从一间普通的办公室搬进两间正房带厨房的独立小院，相比而言，可谓是有了质的飞跃，这让我们夫妇满心欢喜，恬然自足。我们从老家拉来了我的一些嫁妆，又添置了一些生活用品，一个不算很大的地方却足以能安放我们忙碌的身心。它如同一个博大的容器，盛放了我们日常的欢愉、欣慰与美好，也收纳了来自生活的艰辛、无奈和忧伤。在那里，我们可以酣畅地饮一杯茶，也可以入心地听一支曲。

　　春天的时候，我们在院子里松土、播种，种植黄瓜、西红柿、豆角、芸豆等蔬菜，并在院墙的四周种上丝瓜、梅豆和木耳菜。我们播下种子，就像种下了希望，每天起床后的第一件事就是跑到院子里观察那些蔬菜的破土与生长情况，看着长势茂盛的绿油油的蔬菜就像看到自己的孩子一样，心里有说不出的喜悦，一天的好心情就拉开了序幕。

　　那时候，我们对雨雪天气是既心存渴盼又害怕的矛盾心理与纠结。之所以渴盼，是因为倘若雨雪下得不大，这样的日子就成了乡镇干部不言而喻的"节假日"。只有在这个时候，我们才能让一场雨或一场雪洗却身心的疲惫，让绷紧的神经在听雨或赏雪中得以调整，让灵魂在雨雪里得以荡涤。倘若雨雪下得大了，成灾成患，我们便会冒着雨蹚着水，抑或是踏着厚厚的积雪，到自己所包的村队去查看灾情，指导救灾。之所以害怕，是因为我们家属院的房子尽管每年都揭瓦维修，可每逢下雨化雪必漏。常常是外面下大雨，屋里下小雨，外面不下了，屋里还在滴答。每每遇上这样的天气，我们就把家里所有的盆盆罐罐都派上用场。雨滴滴落在不同的容器里发出不同的声音，各种滴滴答答的声音融合在一起，奏响了那段岁月独有的交响曲。那交响曲说不上悦耳动听，却也涂抹了苍白的日子。多雨的季节，邻居们都格外关注天气预报。每当看到有大雨或暴雨的预报，大家就纷纷奔走相告，开始忙着修筑雨前的防御工程——在屋门口堆上泥土，打一道坚实的堰，避免积水泄洪般地入侵，又在防震床顶或地面上放好接雨的盆盆罐罐。只有这样，下雨的时候才能悠然地躺在床上，无所事事地听雨。

　　当时，我们家属院的修缮工作一直由当地的一个建筑队承办。乡政府用于建筑与维修的费用，不管是就建筑队而言，还是对建筑工人来说，大概都是一笔可观的收入。对于每年必修始终都漏的房子，领导很是恼火。尽管很严肃地不止一次地与包工头交涉，却大都无济于事。

　　每当维修到自己家的房屋，每一家都会备好上好的茶与烟款待建筑工人，并讨好般地说尽好话，只希望他们能动动冷漠的恻隐之心，给好好维修一下，让房子不再漏雨。那些建筑工人都理所当然地享用我们的"贡品"，可房子依然是逢雨必漏。即使是这样，每当维修的时候，我们总是习惯性地抱着侥幸的心理，依旧端茶递烟地乞求他们的良心发现。我至今都不明白，那些人为什么会那么"残忍"？是水平问题，还是素质问题？是羡慕嫉妒恨，还是把乡政府当成了摇钱树？……记得，有一次揭瓦到我家的房子，我告诉他们那里是床的位置，请他们多放些柴草与泥土，可他们嘻嘻哈哈地满口答应着，像是漫不经心，又像是故意地将揭下来的瓦片挪了挪位置，又随意摆放，这一幕恰恰被像是从天而降的包工头看到。或许他当时想起了揽活时的承诺，或许当时被承诺压痛了心，亦或许是想起了讨要维修费时的艰辛，竟然对那两个糊糊弄弄的建筑工人破口大骂，并当场停了他们的工，又调换了建筑工人将揭瓦过的房屋全部翻工重修。在我记忆里，那一次维修的效果最好，竟然两年都没有漏雨。原本是理所当然的结果，竟然感动得我们对那个包工头感恩戴德。

　　从春到夏，从夏到秋，院中的植物都努力地将生命茂盛到极致。无须搭架，无须牵引，它们就会靠着小小的丝足沿墙一路攀爬，在院子的周围繁茂成一道道绿色的屏障，演绎着生命的精彩。丝瓜的黄花，梅豆的紫花，木耳菜的白花，与院子月季和看石榴的红花一起点缀在绿毯之上，把小院装扮得如诗如画，生机盎然。如果说小院是一首诗，那么那些绿植就是诗的韵脚，营构了一个烟火而诗意的家园。

　　每年夏秋很长一段时间，我们就用院子里产出的丝瓜、梅豆、木耳菜，或炒菜，或做汤，调剂我们的生活。在我记忆里，那些丝瓜，头一天傍晚还比毛虫大不了多少，第二天一早便长得纺锤一样大小。它们头顶着黄花，水嫩嫩的，像个头顶黄色小帽贴墙倒立的小姑娘，煞是惹人喜爱。我家小院东面的院子是办公场所，没有大门，所以，南面与东面墙外所结的丝瓜无疑就成了公共资源，谁见了都会心生怜爱，忍不住伸手摘下。等机关大院里的人热闹起来，墙外鲜嫩的丝瓜也就无踪可寻了。尽管我有赖床的习惯，可每年丝瓜上市的季节，我几乎每天都会早早起床，赶在上班之前采摘下头顶黄花的鲜嫩丝瓜。猪肉、丝瓜、粉条佐以辣椒与调料，炒炖起来，香、辣、滑、粘的味道至今都令我满口生津，回味无穷。那段时间，我家的餐桌上，几乎每天都有一道丝瓜炖粉条。尽管女儿小时候吃饭挑剔，可她唯独对那道菜百吃不厌。

落雪的日子，漫天飞雪里，红衣红帽的女儿双手执一把大扫帚，东一下西一下扫雪的情景，至今仍清晰地生动在我记忆的荧屏上。她就那么兴奋地扫啊扫，只为堆起一个雪人儿。记得一次大雪之后，我和丈夫给女儿堆了一个大大的雪人儿，她高兴得手舞足蹈，与雪人对话，绕着雪人儿奔跑，怕雪人儿冷，给它披上她的棉袄，戴上她的帽子，系上她的围巾，吃饭的时候还问我雪人儿会不会饿。雪后天晴，积雪开始融化，看到雪人儿一点点消融，女儿睁着大眼睛望着那个渐渐消瘦的雪人儿伤心地哭了。雪人儿慢慢化为一摊雪水，最后了无痕迹。她说她不想让雪人儿死去，想让雪人儿做她的妹妹，陪着她玩耍……我们一边哄她开心，一边给她讲有关雪的童话，让雪的纯洁在一个幼小的心灵里生根发芽。

女儿读小学三年级的时候，从城里的私立寄宿学校转到了公办小学，我们开始在城里租房。可每到礼拜天，我们就带着女儿回到那个小院去过周末。那时，只有回到那里，我们才感觉真正回到了自己的家，心情就格外舒爽、踏实。那段候鸟式的生活一直持续了两年之久，直至我们所买的楼房交付使用，我们才依依不舍地彻底搬离了那个小院。可有好

提高现代文阅读和写作成绩的金钥匙

# 时磊英作品
# 阅读试题详析详解

## 十年荷塘

雨是夏天的灵魂。接连三场的夜雨，淋湿了菏泽的街街巷巷，也淋湿了我记忆里的那方荷塘。

荷是夏天的仙子，立在季节的枝头，舞动岁月的韵律。年年荷花绽放时，我们总会相互邀约，到河南范县的陈庄荷塘、曹县的魏弯荷塘、单县的浮龙湖荷塘……去观荷塘，赏荷花，拍美景。一直以来，我们都忽略了近在咫尺的磐石荷塘。

十年前，我在一次下乡走访时邂逅了磐石荷塘。准确地说，那时还不叫荷塘，只是一个荒凉的污水坑里零零星星地长着少许稀稀疏疏的莲藕而已。十年，三千六百五十个日子如白驹过隙。可十年间许多事情的变化都出乎我们的意料之外。这期间，我因工作需要调离了管辖磐石荷塘的原单位，失去了趁着工作之余走近荷塘的便利。可我总是有意无意地想起那方荷塘，以及它的主人——曾获得国际金奖的民间根雕艺术家赵庆林老师和他的木匠父亲。

昨天晚上，秋雨敲窗，我一边若无其事地听雨，一边漫无目的地浏览朋友圈。当一组接天莲叶无穷碧的磐石荷塘与荷塘间亭台廊榭相映成趣的优美图片映入眼帘，我惊愕磐石荷塘十年巨变的同时，那些图片也一如烈焰般地点燃了我前往的激情。于是，我便随手拿起手机，拨通了同学的电话，约她如若天亮雨停就一同去磐石荷塘赏荷花。

天公作美，黎明时分，下了一夜的雨停下了脚步。我和同学驱车赶往了磐石荷塘。远远望去，那方沿着护城堤蜿蜒的荷塘已今非昔比，一派葳蕤繁荣的景象将我记忆里的破败荒凉颠覆得荡然无存。荷塘面积虽然不太大，但是，那碧水丰盈、波光潋滟、水草隐隐、荷叶田田、荷花朵朵的优美和着那诗情画意的假山池沼、亭台廊榭、名贵花木等诸多美学元素相依相衬而构筑的秀丽风景，却给人以大美无边的感觉。

踏着《荷塘月色》的舒缓节拍，嗅着清新淡雅的荷香，缓步在逼仄的水上栈道，仿若一不小心走进了一帧天然水墨画里，又像是误入了江南小桥流水人家的如画秀色里。

雨后的荷塘格外清新，洁白的荷花、碧绿的荷叶在晨曦的光照里泛着粼粼水光，一尘不染，婀娜多姿。我从来没有那么近距离地观赏过那出污泥而不染、濯清涟而不妖的荷。一柄柄纤纤荷茎钻出污泥，钻出水面，用那绿色的刺绒彪炳着荷之不可亵玩的风骨，带着柔与韧，带着虔诚与敬畏，将荷花与荷叶高高地举过头顶；荷叶如盖，苍翠欲滴，错落有致，此起彼伏，在微风里荡起绿色的微澜；荷塘里所有的荷花如雪似玉，如一袭白衣的仙女，优美地舞蹈在绿波之上；穿行在荷塘里，每走一步，都与带露的荷花荷叶触碰厮磨，那种与大自然零距离接触的奇妙之感令人欣然陶醉；委身浅岸，信手掬一汪清水，水是那么的澄澈，又那么的晶莹，无论怎样小心而虔诚地捧着，它都会从指缝间珍珠般地悄然滑落，溅起一圈圈的波纹，目光沿着荡漾的波纹，穿过荷茎丛林，由近及远地向整个荷塘望去，像是整个夏天的翠色都凝聚到了这方荷塘里，时而有红鲤金鱼追逐游出，仿若是为这方荷塘点上了胭脂。望着那方荷塘，闭目沉醉，如同踮起脚尖窥探一个梦境。

十年，时光在磐石荷塘打下了十道轮痕，如同树木多了十道深浅交替的年轮。如今，她以满目的繁荣取代了昔日的荒凉。我们不得不惊叹人类改造自然的能力。然而，谁会想到：这诗意盎然的荷塘，以及它旁边的博物馆与馆内那些极具艺术价值的根雕艺术品都源自于一个年近古稀的老人赵庆林老师亲手所为！

十年间，赵庆林老师在忍受着失去父亲、又失去一子一女的切肤痛楚，靠着辛勤付出，与时间抗衡，潜心修筑他心中博大宏伟的美学工程。就那繁茂的私人荷塘、价值不菲的私人博物馆而言，你势必会想到其主人赵庆林老师肯定是个大富豪。但是，我要明确地告诉你：他不是！十年前，他居住在郊区，家里还有一些责任田；十年之后的今天，他所生活的郊区变成了城市。在艺术低迷的今天，他那价值不菲的根雕艺术品无人问津，他的生活一度陷入了困境，他和妻子就靠着每人每月六十元的低保金生活。他们身上的衣服是邻居们送的，吃的菜是自己在荷塘边种

3

的。可他却在没有资金没有外援没有帮手的情况下，依然坚守着心中的梦想，执着地追求艺术。

十年前，荷塘是他与妻子从几个藕节开始，一点一滴发展到了今天的接天莲叶无穷碧；廊桥西北角的那一排三星级标准卫生间是他与妻子亲手建筑的；亭台廊榭的一木一钉都是他一点点亲手打造的，那上面的飞檐翘角、五脊六兽、镂空雕花等繁杂的美学建筑元素也是他亲手制作的；就连荷塘西面的那个偌大的仿古建筑根雕博物馆亦是他与妻子亲手建造的……谁能想到，那些建筑材料全是赵庆林老师和他年迈的妻子起早贪黑从拆迁工地上或其他地方捡来的……

荷塘无言，将赵庆林老师十年来的风雨沧桑，浓缩成一部厚重的民间艺人的奋斗宝典，足以让人品读一生。


1. 作者在第七段描写了荷叶荷花，请赏析文中划线句，运用了什么修辞手法，有什么作用。

2. 磐石荷塘是根雕艺术家赵庆林和他父亲的杰作，文中写了赵庆林哪些事，使他为荷塘倾注了大量的心血，请简要概括。

3. 简要概括文中表达了作者对赵庆林和他的磐石荷塘的怎样的情感。


参考答案：

1. ⑴带着柔与韧，带着虔诚与敬畏，将荷花与荷叶高高地举过头顶。

主要使用了拟人的修辞手法，写出了荷花荷叶不同凡俗的风骨，写出荷叶荷花长出水面的高贵与圣洁。

(2)荷塘里所有的荷花如雪似玉，如一袭白衣的仙女，优美地舞蹈在绿波之上。

使用了比喻的修辞手法，写出荷花色彩的晶莹洁白，以及荷花在水波之上的婀娜多姿，光彩照人。

2．(1)他用十年打造一个满目繁荣如梦境般的荷塘，这是他的梦想。

(2)他虽然贫穷没有资金，生活一度陷入困境，但他仍然和家人节衣缩食，辛勤地打造荷塘，执着地追求艺术。

(3)拣拾建筑废料，一点一滴地辛勤劳作，荷塘从无到有，倾注了大量的心血。

3．(1)对民间艺术的赞美。

(2)对民间艺术创作者的崇敬。

(3)对穷苦一生的民间艺人的同情。

# 倾听花开的声音

午夜的灯光下，我与两株牡丹静静地对视，倾听花开的声音滑过夜的幽静。

每当我看到牡丹，我就会想起关于武则天贬牡丹的那个传说。

相传武则天登上皇位，自称圣神皇帝。在一个冬天醉酒后，突然兴致大发，想游上苑，便挥笔题诗宣诏上苑："明朝游上苑，火急报春知。花须连夜发，莫待晓风吹。"第二天，武则天游上苑时，看到苑内众花竞放，却唯独一片花圃中不见花开。细问后方知是牡丹违命，武则天一怒之下便命人点火焚烧花木，并将牡丹全部连根拔起，从长安贬到洛阳的邙山。然而，这些已烧成焦木的花枝一入新土，便又扎下了新根。来年春天，满山翠绿，一株株牡丹开出艳丽的花朵，众花仙叹服不已，便尊牡丹为"百花之首"。"焦骨牡丹"因此而得，也就是今天的"洛阳红"。

正是缘于这个传说，让我惊叹牡丹雍容华贵的同时，更佩服牡丹不畏强权、誓死不屈的风骨。

家里的两株牡丹，是春节前一个爱花的朋友所送。

牡丹刚到家里的时候，瘦瘦的枯枝上举着几个稀稀疏疏的锈红色的叶芽儿。初春的严寒之外，即使没有春风的吹佛，又没有阳光的沐浴，带有暖气的室温却为牡丹营造了一个适于生长的环境。叶芽儿慢慢地舒展成叶片，渐渐地脱去锈红色小衫，换上绿袍。慢慢地，每个嫩嫩的枝丫顶端都举出一个羞涩的花蕾。望着牡丹的叶片一天天苍翠，花蕾一天天增大，想着她们将把生命以最美的形式绽放在枝头，在岁月的长河里划下优美的迹痕，我便为这来自生命的美丽而陶醉。

我不是性情中人，平日又忙于日常工作与生活琐碎，对于周遭的很多事物总是熟视无睹。临近春节，我一边为日常生活的琐碎忙忙碌碌，一边又忙于置办年货，对于那两株牡丹，过了两天的新鲜感之后，就被我置放在一个空闲的房间里，让其在时空里独享无人问津的孤独与冷漠。

春节前两天的一个傍晚，丈夫突然告诉我，那两株牡丹的花蕾快舒展开了，估计晚上就要有牡丹花绽放了。这两株牡丹最好的盛花期也可能适逢在春节期间。一听到这个令人兴奋的消息，我就想一下子跑过去，看看那两株牡丹将如何摇曳着含苞待放的花蕾把生命的美丽一点点绽放枝头。然而当时，我正在厨房里忙着炸酥肉，锅里的油滚滚沸腾，烟雾缭绕，抽油烟机的叶轮飞速地旋转着，发出低沉而微弱的"嗞嗞"声，如同吹响的冲锋号角，催促着我那双沾着面糊的手将忙活的速度一快再快。面对丈夫传递来的这个好消息，我只能一边不停地忙活，一边有一搭没一搭地询问有关花开的情况。

那天我一直忙到午夜才去休息。

疲惫地躺在床上，蓦然想起那两株牡丹，想起那含苞待放的花蕾，于是，我穿衣下床，径直奔牡丹而去……

望着绿叶托出的花蕾正舒展着花瓣，那来自生命绽放的喜悦顿时盈满心田。我打开家里所有的灯，让灯光赶走黑暗。继而，我把那两株牡丹放置在客厅里最显眼的地方，而后又搬来一把小凳子，坐在两株牡丹前面的正中间，静静地欣赏她们。我要为这牡丹的花开举行一个隆重的仪式，向一种不争的美丽致敬，向一种不该的淡忘致歉。

幽幽午夜的灯光下，牡丹花一瓣一瓣地舒展开来，我悄然倾听着这花开的声音，品味着这来自生活的甜美……

1. 文章开头引用关于武则天贬牡丹仙子的传说有什么作用？
2. "曹州牡丹甲天下"，牡丹乃菏泽的象征，是国花。请描写一段你所见到的家乡牡丹之美。

参考答案：

1. (1)引用传说，为文章增添了文化底蕴和文学趣味，也为牡丹夜晚绽放增添神秘色彩。

(2)表现牡丹誓死不屈的铮铮铁骨和风骨，敢于夜间开放。

(3)通过写牡丹由都城长安贬到大都市洛阳，表现一种雍容华贵的大美。

2. 范文：牡丹花是我最喜欢的一种花。在绿油油的叶丛中，花朵格外显眼。我无法用文字准确形容那花瓣的色彩，说它粉红吧，又似乎有一种淡淡的白色镶在边缘；我也无法用文字准确形容那花瓣的质感，说它浓妆淡抹吧，它又显得那样清新雅致。总之，只凭几个优美的词句是无法称赞这"花中之王"的。

浓郁的花香沁人心脾、令人陶醉，翠微的枝叶间，五彩斑斓的牡丹花竞相开放争奇斗艳，丰腴娇媚的牡丹大若碗口一般，紫红色的洛阳红以惊人的数量压倒群芳，成为牡丹园的主色调，绿叶红花相映成趣。冰壶献玉的白牡丹，冰清玉洁，让人想起王昌龄的那首"洛阳亲友如相问，一片冰心在玉壶"的诗句来。

雍容华贵的牡丹就像刚从华清池沐浴而出的杨贵妃，光艳而妩媚。"云想衣裳花想容，春风拂槛露华浓"不善逢迎的李白竟被集三千宠爱于一身的花容月貌而打动，可谓国色天香倾国倾城。牡丹总领群芳，也难怪人们看到盛开的牡丹就会想起杨玉环来。

清明前后，牡丹花就全开了。你看，一层一层的花瓣从内向外张开，花非常大。有粉色的，有白色的，还有红黄相间的。这些花有的是半开的，有的是微开的，有的是全开的，但是它们的花心都是黄色的，像黄色小仙子躺在温暖的花床上。从远处看，到处都是花，一朵一朵的真漂亮。近看时，就会看见一群蜜蜂忙忙碌碌钻在花丛中采蜜。

# 走近张家界

## 一

雾霭缥缈，如幻如梦，笼罩着三千巍峨雄峰，缠绕着浓郁茂密的森林。人在酣睡，山在酣睡，树也在酣睡，雾却醒着，缭绕弥漫于山峦之间，赶在太阳升起之前，迷蒙山之空灵，浸润林之苍翠，陡添峰之神秘。

曙色喷薄的朝晖，似万把利剑直戳雾的妖娆，雾知趣地隐藏起妩媚，收敛起缭绕，隐匿于山林。苍茫的山脉和叠翠的群峰，沐浴着清晨的阳光，开始谱写新一天的篇章。

## 二

奇峰三千，保持着头角峥嵘的独立，瘦骨嶙峋，巍峨挺拔，危崖崩壁，诸多山峰都拒绝了从猿到人的一切足迹。

目光一点点掠过诸峰，但见那似人、似物、似鸟、似兽……形态各异，浑然天成，让人不得不感叹大自然的鬼斧神工，天机独运。

秀美的群山带着历史的沧桑，从亘古的烟雨中踏浪而来，站在坚实的大地上，用植骨的脊梁，担起历史的重任，用灵魂紧贴大地，堆垒起千百年的秀色，如一帧精美的山水长卷，装点着张家界无垠的美丽。

## 三

漫步曲径通幽、空气宜人的林间小道，攀登气势磅礴、云雾缭绕的奇峰异石，泛舟山水一色、水波荡漾的高峡平湖，在张家界读树亦是一种乐趣和享受，然而，要读懂这些树却又是那么地不容易。

仰望那峭壁千仞上气势磅礴的座座翠峰，无不对那里的绿树发出感慨，每尺瘠土，必定有苍松或翠柏，挺拔笑傲人寰。

山巅上、石缝中、绝壁处那一株株苍翠多姿、刚劲挺拔的树，当初也许是随风吹落的一粒树种，也许是飞鸟嘴里遗落的一根枝条。栖身之地没有植根的土壤，没有浇灌的渠水，没有生长的养分。在阳光的沐浴下，在雨水的冲刷中，依然挺起绿色的脊梁，伸展出碧绿的枝杈，尽情地为大自然铺展一片又一片浓郁的绿色。

## 四

山溪间潺潺的流泉，抖动着清澈如玉的涟漪，闪烁着嬉戏追逐的浪花，用优美的音符，弹奏着大自然的心曲，唱响了清澈的歌谣。

每一朵浪花，每一滴秀水，都清澈澄明，折射着粼粼波光。碧水含秀，映照着群峰的苍茫。

山映照在水里，水流淌在画中，如同一幅浑然天成的山水长卷，在大自然里灵动着真实的美感，让人无不感叹大自然泼墨的神奇。

## 五

天子山用一只长长的铁手臂，托起南来北往的游客，把岁月尘封在天子山的记忆、动人楚楚的故事、迢迢绵绵的爱和如诗如画的秀美，毫无保留地让游客一页页地翻阅，一章章地吟诵，一篇篇地品读……

群猴的嬉戏，桐车的旋转，鸟儿的鸣叫，土家姑娘的歌声，烟雨中动人缭绕的故事……天子山多彩多姿的旖旎，无不激起游客无限的眷恋，唤起游客无穷的回味。

多情的天子山索道，你这大山的长臂，把张家界"一山有四季，十里不同天"的神奇于幻梦的烟雨中，雕琢成大自然的千古杰作，定格在游人的记忆里。

## 六

张家界，你是一部真正的自然大书，一部人与自然生息的《圣经》，用山之巍峨、林之苍翠拂去人的浮躁，净化人的灵魂，让人百读不厌。

仰望张家界绿色的向往和高洁，会让你感觉到，这里是一个没有喧嚣和尘埃的世界，是一个没有失望和欺骗的世界，是一个没有俗气和冷漠的世界。品读她的博大精深与宽容厚重，让人感到生命与灵魂的温馨、情感和憧憬的神圣。

张家界，走近你，就走进了神圣的灵魂净地。


1. 既然"在张家界读树亦是一种乐趣和享受"，然而为什么又"读懂这些树却又是那么地不容易"？

2. 走进张家界，文章写了多少幅如画美景，请简要概括。

3. 为什么说"张家界，你是一部真正的自然大书，一部人与自然生息的《圣经》"？谈谈你的理解。

**参考答案：**

1. ⑴张家界雾霭缥缈，如幻如梦，森林又浓郁茂密，有一种神秘感。

⑵张家界山高千仞，每寸瘠土必定有树生长，让人生发感慨，有一种敬畏感。

⑶树的来历不明，可能是风吹落的种子，可能是鸟嘴里遗落的枝条。

⑷虽然没有土壤，没有养分，树仍然为大自然铺展浓郁的绿色。

2. ⑴雾霭笼罩，迷蒙神秘。

⑵曙色朝晖，雾藏山翠。

⑶绿树挺拔，苍翠多姿。

⑷流泉潺潺，清澈闪烁。

3. 张家界如同一幅浑然天成的山水长卷，在大自然里灵动着真实的美感，让人无不感叹大自然泼墨的神奇。它用山之巍峨、林之苍翠拂去人的浮躁，净化人的灵魂，让人百读不厌。会让人感觉到，张家界是一个没有喧嚣和尘埃的世界，是一个没有失望和欺骗的世界，是一个没有俗气和冷漠的世界。品读她的博大精深与宽容厚重，让人感到生命与灵魂的温馨、情感和憧憬的神圣。

走进张家界，就像走进了神圣的灵魂净地。

## 泪光里的故园

在光阴的流转里，窗外的菊花又染秋凉。秋风萧瑟的夜晚，一轮明月照亮泛黄的往事。我把自己写回童年，写回我今生最温暖的地方——我的祖父母生活了一辈子的家园。

泪光迷蒙里，我用心构勒着乡韵的缕缕炊烟。老人、老屋、老树、老牛、石磨都在时光里回到了原处，还原成我记忆里今生最美的风景。我还是那个在院子里跑来跑去的快乐女孩，沐浴着祖父母最朴素最诚挚最温暖最美好的大爱之光。

我站在院子里，泪光倾覆了荒凉。那个曾在村里风光了多年的砖混祖屋，如今走过了近一个世纪的风雨沧桑，里里外外都布满了岁月的青苔，斑驳陆离得就像风烛残年的老人，走进了垂垂老矣的暮年，摇摇欲坠地静默在院子里。满屋的故事一如黑白老照片一样泛着黄，在时空里越走越远，越来越模糊。

望着空空荡荡的老屋，我用虔诚的目光把挂在墙上的主人——我的祖父母请下来，让他们"重返"人间，重新"回到"我的眼前。

祖父的一生与黄土地结下了不解之缘，有关他的记忆总是与土地联系在一起。他那在院子里来来回回忙碌的身影或躬耕田间的情景，仿若影视剧一样清晰地在我眼前循环播放。我多想重返童年，像小时候一样伏在祖父的背上，或是让他抱在怀里，抑或骑在他的脖子上，他还是那么一边健步如飞地走在回家或去农田的路上，一边逗我开心，时不时地用胡子扎扎我的小脸蛋儿，疼疼的，逗得我咯咯直笑。他那由花白到全白的胡子里写满的故事，足够我用一生来品读。

祖母的一生都与家的概念联系在一起，给了我家的温暖与踏实感。在我的灵魂深处，祖母就是我的家，她在，家就在。她的一生都那么勤劳，家里地里，无所不能。她那摇动着纺车编织乡村时光的身影，她那俯身织机上蹬着小脚织布的情形，她那戴着老花镜穿针走线的画面……至今都清晰如昨，足以能温馨我一辈子。

烟囱里，袅袅升腾的炊烟喂大了我的人生；厨房里那口大铁锅张着大口，盛满了祖父母人生磨砺的漩涡，也养育了我家一代又一代人，并给了我们幸福和希望。正是那口大铁锅，早在父亲幼年时蒸过馒头，让家里的财富随着面团的滚动越积越多，让祖父母的日子越来越红火，也让祖父母挺直了腰板。正是那口大铁锅，把一锅锅淡黄的盐水，在烟雾缭绕里历练成白花花的精盐，被老祖父拉到集市上换成钱补贴家用。那些洁白的精盐被我们称为小盐，它来自于盐碱土。那些盐碱土伴着祖父母的心血与汗水，经过一道道繁杂的工序，变成了淡黄的盐水；盐水在大铁锅里滚滚翻腾，如丑小鸭变身成白天鹅般地变成了洁白耀眼的细盐，在那个物质紧缺的年代里调味人们的生活。也正是这口大铁锅，把祖父母秋季收获的所有花生，在烈焰烘烤下由生而熟，提升了黄土地无能为力的收成。

厨房里间的那盘石磨与大地锅对望。祖父母当年卖馒头的面粉，以及相当一个时期的生活用面，都源自于那盘石磨。圆圆的磨盘一如人生，让人们绕着既定的圆心，在一个固定的轨道里不停地转圈。那个磨道里，一圈又一圈，推走了祖父母的光阴，磨下了他们的人生，不知道曾在那个磨道里究竟挥洒过多少汗水，又究竟将脚印叠合了多少层？

拦了老牛多年的牛栏已不知去向，喂牛的石槽早已肢体分离地躺在旮旯里，瞪着苍茫的眼睛，怀念与老牛亲密私语的美好时光。那头生了一头又一头小牛犊的大黄牛，曾为我家的农耕与财富立下过汗马功劳，然而，它还是输给了机械化，不得不在祖父母恋恋不舍的泪光里走向被卖掉屠宰的归宿。不知道那头默默躬耕一生的老黄牛终究成了谁人的桌上餐。

那些曾经被祖父看做宝贝似的的犁、耧、锄、耙、扬场掀、铁笆子、抽水机、脱粒机等农具，如今都锈迹斑斑地躺在老屋的角落里，迷茫地与时间对峙，怀念着与老祖父一起编织农耕故事的光阴。它们多么希望那曾经的过往能够卷土重来。何止是它们，我们一家人都希望祖父母能重返人间，享受天伦之乐。这愿望固然美好，却不过是南柯一梦而已。

在院子里站立多年的榆树、槐树和枣树等，如今都随着祖父母的故去而被砍伐，可它们留下的故事依然历久弥新。说到那些老树，我仿若看到了满树的榆钱、槐花和红枣。那时候，还未等榆钱与槐花盈满枝头，祖母就开始变着花样给我们做着吃。如今，好多年过去了，再想起老祖母做的那些美食，我依然会垂涎欲滴。最难忘那棵老枣树，每年盛夏的夜晚，祖母在老枣树下铺一张苇席，带我在枣树下乘凉。她总是一边为我摇扇纳凉，一边给我讲牛郎织女、嫦娥奔月等神话故事。老祖母的那一个个故事为我插上了想象的翅膀，令我百听不厌，也令我最初的文学之梦在那棵老枣树下起航。祖父母在世的时候，每年枣熟的季节，我哪天回去，哪天就是家里的卸枣节。无论早晚，他们都会为我看着，为我留着。坐享祖父母的红尘大爱，即便是一颗最小的枣儿入口，就足以能令我一生满口生津，一世幸福满心。如今，又到枣熟时节，世间再也没有人给我留枣，再也没有人等着我卸枣，我再也吃不到那么脆甜的枣儿。

祖父母正是在那个院子里，于我的记忆中从中年走到了暮年，直至离我们而去。祖父母与这院子里的一切都褪尽了岁月的繁华，落地成殇。老树、老牛都不见了踪影；老屋在岁月里朝夕不保；老人已瘦成两张照片，挂在墙上，引流我的泪河。

思念在泪光里疯长，而他们模糊的身影在时光里越来越远……

1. 作者在文章中运用了很多优美的词语，下面有两个错别字的一项是（　　）。

A、风雨苍桑　　摇摇欲坠　　构勒　　诚挚

B、南柯一梦　　垂涎欲滴　　模胡　　历练

C、斑驳陆离　　不解之缘　　磨厉　　繁杂

D、天轮之乐　　卷土重来　　萧瑟　　对峙

2. 为什么"祖母的一生都与家的概念联系在一起，给了我家的温暖与踏实感"？

3. 读完文章，作者刻画的祖父母有什么性格特点，请简要概括。

4. 结尾一段"思念在泪光里疯长"，照应了题目《泪光里的故园》，作者为什么要写到"泪光"呢？

**参考答案：**

1. A沧，勾　　B糊　　C砺　　D伦

2. (1)祖母一生勤劳，她在，家就在，足以能温馨我一辈子。

(2)祖母与祖父蒸馒头卖，制细盐，使家里积累了财富，生活越来越殷实。

(3)大锅、磨盘、老牛，让祖父母挥洒了多少汗水，成为家不可分割的一部分，成为不可遗忘的记忆、怀念。

3. (1)勤劳、朴素、诚挚。

(2)有商业头脑，会做生意。

(3)照顾家里，重感情。

(4)慈祥，疼爱孩子。

4. (1)祖父母已离作者而去，作者失去了祖父母的关心和疼爱，心中很悲痛，令作者怀念不已。

(2)由于时代变化，祖父母不得不抛弃为自己生活立下汗马功劳的牛马及犁锄等，曾因恋恋不舍而流泪，引发作者的思念的泪水。

# 又是泡桐花开时

"更无人饯春行色，犹有桐花管领渠。"吟诵着南宋诗人杨万里《道旁桐花》里的诗句，咀嚼着桐花馥郁的清香，漫步乡野，赏一树花开，沉醉在暮春深处，不知道该是多少人崇尚的悠悠岁月。

暮春时节，是泡桐花盛开的季节，循着空气里氤氲弥漫的阵阵清香，遥望蓝天下那一树树桐花凌空绽放，那一串串、一簇簇喇叭似的紫色花朵缤纷在花事落下的帷幕上，仿若一串串紫色的风铃摇曳在风里，打破了季节的沉寂，令人心旷神怡。

时光辗转，苍老了岁月，唯有记忆能串起往昔的时光碎片，让曾经的美好鲜活起来，来填补日子的苍白。我已记不清初识桐花的具体时间，只知道那时尚在童年，祖母家大门里面的厨房旁有两棵树，一棵是黑槐树，另一棵是泡桐树。我最初知道桐花就

17

来自于那棵泡桐树。那棵树上盛开的一树紫色的喇叭花就是我今生最早见过的桐花。

每年泡桐花开的季节，我和小伙伴们就会嗅着桐花的清香，仰望着满树紫色的喇叭吹奏春天的恋曲。那时候，我们不懂赏花，只渴盼那些盛开的花朵早些零落。面对缤纷的落英，我们没有"花谢花飞花满天，红消香断有谁怜"的伤感，反倒满心欢喜地争相抢拾地上的落花。揪掉凋零的喇叭残花，把留下花蒂用针线串成长长的串儿当蛇耍。拎着花蒂串儿的一头，摇晃摆动，那串儿花蒂就在我们手里像蛇一样地来回扭动，一种征服的感觉令我们心满意足。在那个没有积木没有动画的年代，那一串串自制的"长蛇"，便是我们最好的玩具。是它让我们玩起来就忘记了时间，在我们童年的画布上涂下了浓重的一笔。

每年盛夏的月夜，祖母总会在桐树下铺一张苇席，带我在那儿纳凉。那一个个美好的夜晚，在月光透过泡桐树的枝叶间洒下的斑驳光晕里，我陶醉在祖母绘声绘色讲述的牛郎织女、嫦娥奔月、精卫填海、女娲补天等一个个神话故事里，让想象插了奋飞的翅膀，让文学之梦在那里起航。

在我很小的时候祖母就许诺等我出嫁的时候，砍掉那棵泡桐树给我打嫁妆。那时候，养育我的祖父母是我生命的根基、生活的全部。泡桐树的年轮在岁月里一圈圈扩展，我的恐惧心理也与日俱增。幼小的我总怕那棵泡桐会长大了就做成嫁妆，让我与最亲最爱的祖父母生生分离。于是，<u>惶恐的我常常在祖父母不在的时候，想尽各种办法偷偷欺负那棵泡桐树</u>：往它身上抹鼻涕，用脚踹它，用砖头砸它，用刀子划它，甚至爬上去折它的枝，揪它的花，拽它的叶……所做的一切，都莫过于阻止它的生长，留住自己与祖父母在一起的快乐时光。

　　谁知那棵泡桐树，就像一个长不大的孩子，在年轮的扩展里始终都不曾太粗。我常想：那或许是因了我儿时的诅咒吧？故而，在我出嫁的时候，祖父母再没说起砍掉泡桐树给我打嫁妆的事。

　　那棵泡桐在祖父母的小院里沐日月，经风雨，巍巍然悠悠然地伫立了近三十年，最终却没有挺过一九九三年夏季的那场洪涝之灾，于院子长时间积水的浸泡里慢慢枯萎而死。祖父母或许早已习惯了那棵泡桐树的存在，即便是死了，也不允许人将它砍掉。时光悠悠，树枝慢慢干枯、树皮渐渐脱落。就连原来时常留恋的小鸟和鸣蝉都变得嫌弃它，像是躲避瘟疫似的，从那棵死桐树上搬了家，远远地避开了。干枯的枝丫经风一吹，相互碰撞着，发出噼里啪啦的枯噪声音。一些干透了树枝在碰撞中随风而落。雨亦是那些枯树枝的天敌，每一场雨都会不同程度地缩短它们凌空展望的历程，那些经受不住风雨摧残的细碎枝丫也前赴后继地投身大地。最后，只有三两粗壮的枝丫被树干托举着，在空中寂寥地对峙着苍茫的时间。泡桐树的根却依然抓紧脚下的大地，不敢放松，也不敢懈怠。

　　我已记不清那棵枯死的泡桐树在院子里伫立了多久，究竟是三年，还是五年？只知道多年之后，竟然于某一年的春天，奇迹般地从根部发出了两枝鲜嫩的枝条。那两根同根而生的枝条，一年就蹿出两米多高，纤纤弱弱，却还算葳蕤葱茏。人们都说枯木发芽寓生机再现之吉祥，这令祖父母十分欣喜。有一次，我去看望祖父母。年近八旬的老祖母神神秘秘地将我拉进屋里，低声耳语告诉我说，那两根嫩枝可能和她的两个孙子——我的两个弟弟有关。要不怎么会是两枝？大一点儿的枝条可能就代表她的大孙子，小一点儿的枝条可能代表她的小孙子。听着老人家喜不自禁的陈词，望着她一脸的饱经风霜却因了欣喜而神采飞扬，我的鼻子蓦然一酸，顿时泪湿了双眸。我可怜的老祖母生育了四个儿子，其中三个儿子尚未成年就相继夭折，只有我的父亲结婚生子，可他却四十三岁就英年早逝了。令两位老人家在生命的坎坷里一次次地领略了白发人送黑发人的撕心裂肺般的痛苦。可想而知，他们的两个孙子在他们的生命里是何等的重要？！他们将两个孙子视为生命的全部、精神的寄托。想着枯木发出的两根嫩枝与孙子有关，于是，他们就对其格外关注起来，恨不得一天二十四小时都不闭眼睛地看护着。

枯木发出的那两根新枝还未曾长大，祖父母就在相隔两年的时间里先后去世。随之他们居住的院子也就空了起来。后来，弟弟就把空院子还耕，种植了庄稼和蔬菜。那棵在院子里伫立了三十几年的泡桐枯树连同那两根未曾长大的枯木新芽，也随着祖父母的离去在清理院子时被连根拔起。

一阵阵带着药香的芬芳掠窗而入，沁人心脾。我知道，此时已是人间四月天，又是泡桐花开时，而此时的桐花已非我记忆里的泡桐花。可这缕缕香韵会带着我回到旧时光，走回到有祖父母的日子里……

1. 作者写了与泡桐有关的几件事？请简要概括。

2. 文章中作者"常常在祖父母不在的时候，想尽各种办法偷偷欺负那棵泡桐树"，为什么？

3. 文中倒数第三段中"我的鼻子蓦然一酸，顿时泪湿了双眸"，为什么呢？

**参考答案：**

1．(1)泡桐花开的季节，小时候争相拣拾地上的落花，把花蒂串成长串儿当蛇耍。

(2)每年盛夏的月夜，祖母总会在桐树下铺一张苇席，带我在那儿纳凉，给我讲神话故事。

(3)小时候祖母就许诺等我出嫁的时候，砍掉那棵泡桐树给我打嫁妆，而我想尽各种办法偷偷欺负那棵泡桐树。

(4)泡桐没有挺过一九九三年夏季的那场洪涝之灾的考验，在积水的浸泡里慢慢枯萎而死。多年之后，竟然于某一年的春天，奇迹般地从根部发出了两枝鲜嫩的枝条。

2．养育我的祖父母是我生命的根基、生活的全部。幼小的我总怕那棵泡桐会长大了，被做成嫁妆，让我与最亲最爱的祖父母生生分离。我想阻止它的生长，留住自己与祖父母在一起的快乐时光。

3．(1)可怜的老祖母生育了四个儿子，其中三个儿子相继夭折，唯一幸存的儿子又英年早逝了。两位老人家在生命的坎坷里一次次地领略了白发人送黑发人的撕心裂肺般的痛苦。不幸的遭遇令人感叹而流泪。

(2)祖母认为，那两根嫩枝可能和她的两个孙子——我的两个弟弟有关。他们的两个孙子在他们的生命里就非常重要。他们将两个孙子视为生命的全部、精神的寄托。他们想着枯木发出的两根嫩枝与孙子有关，就对其格外关注，恨不得一天二十四小时都不闭眼睛地看护着。

(3)失去儿子的痛苦与把两根枝条看成孙子而欣喜，产生感情的碰撞，令作者黯然落泪而心酸不已。

# 梅开四季

一直以来，梅一如娇柔的女子，带着一剪情思，穿越茫茫风雨，盈盈在我的心里开成最美的画面。

盘点所有的花卉，梅是我的最爱。之所以爱梅，不单单因为她不与百花争春光，不与群芳斗艳丽，而多为我有个叫梅的闺蜜好友吧。梅是我在《昏暗的日子，暖暖的情》里写到的那个在我父亲去世后的那段昏暗的日子里，陪我流泪，陪我悲伤，陪我难过，并给我诸多温暖的师范同窗好友。因了那段难忘的温暖，我时常把梅与梅花联系在一起。梅就介于我和梅花之间，我们三位一体，用诚挚丈量着每一个冬天的寒冷与荒凉。

二○一五年遇到了冷冬，那些探春萌动的嫩芽都被寒冷封杀在春的门外。我想，那些傲霜凌雪的梅花不至于会像那些普通的花草般地被寒冷封杀在春的门外。在蜡梅绽放的季节，我应朋友之邀，到古今园去拍梅花。尽管是三九寒天的季节，可基于对比黄金还耀眼的蜡梅能点亮这个季节的憧憬，一路上，我们都陶醉在所向往的蜡梅花开的温暖里。

走进古今园，我远远地就将目光聚焦在蜡梅树上，期待蜡梅能以冷凝的清香芬芳这个季节，以绽放的姿势打破寒冬的荒凉。随着距离愈来愈近，我近乎屏息般地做着深呼吸，努力地搜嗅着蜡梅的清香，瞪大眼睛逡巡着蜡梅的绽放的身影。可是无论我怎样搜嗅，怎样逡巡，却终究没有梅的清香冲刺鼻孔，也没见梅的绽放充盈眼眸。后来，我们还是在园林工作人员的指引下，才在那冻僵的陈年旧枝条的梅丛深处，找到几个冻僵了的蜡梅骨朵，她们那么羸弱，那么娇小，大的比黄豆大不了多少，小的也就只比大米饱满了些，有的则是刚刚萌动……可她们却都等了一个生命的轮回——整整一年的时间，才羞羞答答地萌动而出，还未来得及绽放，未来得及感受生命的美丽，刚一露面，就被强冷无情地封杀在绽放的门外，将幼小的生命定格在骨朵时期。静静地凝望着那些冻僵了的花骨朵儿，我的思绪纷繁，蓦然感觉她们就像几个夭折的孩子，内心泛起一阵哀伤。

那一次，我们没有拍到蜡梅，却感到冬天格外寒冷，只得在寒风里失望而去。

早春三月，微信朋友圈里传出曹州牡丹园的红梅与杏梅花该开了。心想，既然天公不作美封杀了蜡梅绽放，说什么也不能错过赏红梅与杏梅，第二天一早我便独自赴一场与梅花的约会。

杏梅、红梅褐色的枝条已泛出活色，枝条上萌动的花苞羞涩地打着骨朵儿，像是在等一场与春风的邀约。寒意未减的早春里，一场春风正缓行在从南方赶往北方的路上。望着那些跃跃萌动的梅骨朵儿，真想借来风神的宝囊，放一场浩大的春风，吹得满树灿然。幻想总归于幻想，终究无法企及，我只能在又一次在错过满树梅开的失望里悻悻而归。

梅的花期有两到三个月之久。这期间，我一直都憧憬着与梅花来一场盛大的约会。可时光荏苒，等我又一次到曹州牡丹园去赏梅的时候，并没有看到我憧憬已久的满树花开，陈年僵硬的枝条已是虬枝四展，退去了死气沉沉的褐色，红润中透着青绿的生机，嫩绿的梅叶已盈上枝头，花托在绿叶间瞪着苍茫的眼睛凝望天空，像是欲哭无泪，落英满地。一个个花瓣哀伤地躺在地上，像是睁大了空洞的眼睛，幻想着如何重艳枝头。望着那满地的落英，让人仿若看到那个叫黛玉的娇柔女子泪眼婆娑地在梅树下抦锄葬花的凄凉。

没想到我欣然满怀希望而来，却又一次与绽放的梅花失之交臂，错过了一树梅开，只得怅然大失所望而归。

一次次地错过梅开，我想，或许今生我与梅无缘。倘若真的与梅无缘，那么我又怎么会有个叫做梅的闺蜜？我永远都不会忘记，是她在我失去父亲的悲痛里，一直陪伴在我的左右。那期间她曾神秘地失踪了三天。三天后，当她再次出现在我面前的时候，她的手里捧着一件如盛开蜡梅花般亮黄色的毛裤。那件毛裤是她看到我因服孝不能穿原来的红毛裤而冻得发抖后，就即刻到街上买了毛线，一针一线地夜以继日为我赶织出来的。从上街买毛线到她把毛裤呈现在我的面前，仅仅用了三天的时间。当时，望着梅红肿的眼睛和那件毛裤，我感动得搂住她大哭起来。

近三十年的光阴如白驹过隙，可梅与那件一直被我珍藏着的亮黄色毛裤，构成了我生命里永远盛开的梅花，开在我生命的四季，温润我生命的底色。

1. 作者写了几次看梅的经历？请简要概括。

2. 大家都知道梅花是在寒冬或早春开放的，夏秋无梅开，可作者题目却叫《梅开四季》，是作者常识错误吗？说说理由。

3. 作者几次赏梅而未得，你可否描写一段梅开的文字，以实现作者的心愿？

**参考答案：**

1. ⑴ 2015 年冷冬应朋友之邀去古今园拍梅花，因蜡梅冻僵未绽放，失望而归。

(2)早春三月，去曹州牡丹园欣赏杏梅、红梅，因去迟，梅期已过，又一次与梅开失之交臂。

2．不是。

"梅"可指"梅花"，也可指作者一个叫梅的闺蜜，这里指作者一个叫梅的闺蜜。作者虽然错过梅开，但有一个在她失去父亲的悲痛里能一直陪伴她左右，陪她流泪，陪她悲伤，陪她难过，并给她诸多温暖的师范同窗好友。在作者因服孝不能穿原来的红毛裤而冻得发抖后，闺蜜曾神秘地失踪了三天，为作者赶织出来一件如盛开蜡梅花般亮黄色的毛裤。梅是作者亲密无间相依相偎的好友同窗，好友一年四季可相伴。梅与那件一直被珍藏着的亮黄色毛裤，构成了作者生命里永远盛开的梅花，开在她生命的四季，温润她生命的底色。

3．例文：

梅花开得正盛，远远的就能闻到一股细细的清香，直进入人们的心肺。那白里透黄、黄里透绿的蜡梅，那娇艳似火、红艳满天的红梅，那洁白如雪、白净无瑕的白梅，仿佛是梅花事先知道了冬天人间的寒冷，提前送来花枝，然后再长出绿叶。每一朵梅花，都像一篇文章、一首诗歌，令人感叹。

梅花乃是岁寒三友中的领头羊，它生性坚毅、不服输。在风雪之中，远处一点点鲜红，正顶着狂怒的寒风，慢慢开放，是梅花，是梅花；梅花不像其他的娇艳花朵，它在风雪中才是吐芳展艳的佳时，这不正像我国人民的性格吗？在外国疯狂地瓜分我们的土地时，我们像梅一样坚毅，像梅花一样在拼搏，取得的胜利像梅花的开放那么盛美，充满了甜。

梅花美，却把美留给了洁白无瑕的天地；梅花香，却又有谁知道

"梅花香自苦寒来"的艰辛；梅花俏，却"俏也不争春，只把春来报"。梅花，傲雪斗霜、不怕困难、谦虚乐观。它鞠躬尽瘁，死而后已，以一抹余红换来春满天地！

梅花从不与百花争夺明媚的春天，也从不炫耀自己的美丽，梅花有着一副傲骨，也从不骄傲自大。每当寒冬的清晨，一股别具神韵、清逸幽雅的清香就从窗外飘来。梅花不仅以清雅俊逸的风度使古今诗人画家赞美它，更以它的冰肌玉骨、凌寒留香被喻为民族的精华为世人所重。梅花以它的高洁、坚强、谦虚的品格，给人立志奋发的激励。

# 放 生

窗外刚有一抹亮色，我便从睡梦中醒来，打开床头灯，随手从床头掂起一本杂志，正欲翻阅，一只小小的瓢虫沿着彩色封面爬入我的视线。

秋风一阵紧似一阵，秋叶随之飘零。在这删繁就简的季节里，我不知道这只小小的瓢虫是怎样穿越秋风，掠过封闭甚严的门窗，在秋韵里与我结缘的。

气温跟着秋风走动的脚步愈来愈低，人们也将随着季节的变换来增加衣物或改变室内环境来捂热自己，从而安然地走过霜凝秋冻，度过冰雪冬寒。看一眼自己，躺在软绵绵的蚕丝被里，温暖而舒适。我不知道这只小小的瓢虫将以怎样的方式才能走过深秋，度过寒冬，抵达远处的春天？

我不是性情中人，整日为生活忙碌奔波。第一次这么细致而近距离地观察着这只瓢虫，在我眼里，它并不是我印象中的那种看上去能让人赏心悦目的七星瓢虫，给人以美的感受，或许它只是一只幼虫，一只说不上漂亮的小瓢虫。它的甲壳呈略浅的橘红色，正中间有一道黑色的条纹将甲壳断开，平分为二，两边分别各有两个模糊的小黑点。头部呈黑色，外部以牙白色的镶边，镶嵌着它"8"字型的黑色头部，前小后大，像个精致的勾了白边的黑色牙腰葫芦平面图。

这只瓢虫太小了，置于掌心，如同是手掌上的一枚醒目的略大一点儿的雀斑。我抖动着手掌，小瓢虫机灵地以假死的姿态一动不动地伏在我的掌心，或许它是用这种方式来麻痹"敌人"，保护自己。我平稳地伸展手掌，小东西便迅速地爬了起来。尽管我很仔细地近距离观察着它的爬行，可我依然不能看清它到底有多少只细小的腿。

我恶作剧般地抖动着手掌，将它弄得仰面朝天，它便用它那我数得清的腿仰面做着空爬状，抖动的腿如同旋转的螺旋桨一般，努力地挣扎着。后来，它猛然用尽全力，振翅一跃，终于翻过身来，紧接着便收拢翅膀，快速爬行，试图逃脱……

我就这样来来回回地抖动着手掌，一次又一次地戏弄着这只小小的瓢虫，看着它挣扎着试图逃生……蓦然间，我心灵深处最柔软的神经像似被触痛了一样，鼻子猛然一酸，双眼泛起淡淡的雨雾。模糊的视线里，我忽然感觉自己恍若就是这只小小的瓢虫，躺在命运的大手里，拼命地挣扎着……

试想：如果我轻轻地捻动一下手指，这只小小的瓢虫将会葬身于我的手掌。

我非菩萨转世，可我有一副菩萨心肠，心存善念，有好生之德，无杀生之心。我知道，纵然我有37℃的恒温，却不能让这只小小的瓢虫在我37℃的温暖里平安过冬。它属于大自然，它有着自己的生命规律。于是，我小心翼翼地把它放生室外，让它回归大自然。

不知道有多少只小小的"瓢虫"，在命运的大掌里拼命地挣扎着，但愿他们都能像我所放生的那只瓢虫一样，爬出命运的低谷……

1. 文章第四段，作者主要从哪个角度描写瓢虫？描写了瓢虫哪方面的特点？

2. 作者为什么将瓢虫放生？

3. 文中表达了作者哪些思想感情？

**参考答案：**

1. (1)甲壳呈略浅的橘红色。

(2)正中间有一道黑色的条纹将甲壳断开，两边分别各有两个模糊的小黑点。

(3)头部呈黑色，外部有牙白色的镶边，镶嵌着它"8"字型的黑色头部。

(4)前小后大，像个精致的勾了白边的黑色牙腰葫芦平面图。

2. (1)作者心存善念，有好生之德，无杀生之心。

(2)瓢虫属于大自然，它有着自己的生命规律。我想让它回归大自然。

(3)很多像瓢虫一样的生命在命运的大掌里拼命地挣扎着，作者希望他们都能像被放生的那只瓢虫一样，爬出命运的低谷。

3. (1)每个生命都有自己的生命规律，他们都应时而生，作者希望他们都能顺应自然，表达了作者对生命的热爱。

(2)每个人都可能有失败，都可能在命运里拼命地挣扎，表达了作者对弱小者的同情。

(3)作者希望挣扎者都能爬出命运的低谷，表达了作者对努力者的激励和美好祝愿。


# 做最好的自己


一场透雨冲走了夏日的闷热，空气格外清新，气温像是回到了春天。

我下了公交车，习惯性地昂首挺胸、目不斜视地行走在雨后的大街上，高跟鞋有节奏地敲打着柏油路，心情格外舒畅。

偶尔低头间，人行道旁边的一抹绿色盈满眼眸——两把带着露珠儿的嫩豆角静静地躺在那个没有几样菜的电动三轮车上，嫩嫩绿绿，清清爽爽，像是刚刚脱离了豆角秧一样，让人心生爱怜。

"这两把豆角可真嫩！是刚摘下来的吧？"我的目光贪婪地盯着那两把嫩豆角，忍不住感叹与发问。

"嗯。"卖菜女简短的一个字回答，却很明显地被她分出两个音段，前段激情昂扬，后段却无精打采，给人一种怪怪的不可思议的感觉。

我忍不住循着那怪怪的声音抬头望去，当我的目光触到卖菜女的脸的那一刻，我惊讶得目瞪口呆，差点惊叫起来——她竟然是我的初中同学。只见她局促不安地低垂着头，青丝间若隐若现的白发诉说着岁月的沧桑；略显苍老的脸羞得绯红，眼角的鱼尾纹里写满生活的艰辛；她耷拉着眼皮，像是霜打的茄子一样无精打采，一副可怜兮兮的样子。她略显苍老的容颜像一面镜子，让我照见了自己不想承认的年轮。直觉告诉我，她明明看到了我，却在刻意地躲避着我。我知道，她不是怕我要了她的菜不付帐，而是内心深处的自卑感令她低下了头。看着她卑微的样子，我的心好疼好疼，真想即刻就买下她车上所有的菜，让她早点儿回家。可是，我不能！我的出现已经让她的自尊心大大受伤，而令她低头逃避。我只得赶紧闭上因惊讶而张大了的想喊她名字的嘴巴，迅速地移开视线，佯装没看见，一如她逃避我那样逃避着她，逃也似的继续走路。

行走在大街上，我思绪纷乱，为自己的出现而令同学感到卑微而不安的同时，无边的思绪又把我带到了阔别近三十年的初中时代。

初中时，我和她都是天真快乐又品学兼优的好学生，都拥有美好的青春。上课时，由同一个老师给我们灌输知识；课余时，曾一起海阔天空地谈天说地，说少女的秘密，憧憬美好的未来……曾经，我们相处是那么的和谐，一如振翅飞翔的鸟儿，共同向着升学的目标奋力飞翔……

中考与高考就像两道分水岭，它把同窗而读的同学分离开来，在以后的人生道路上书写着不同的命运。我与她被中考的风水岭分离开来，我考上了当时热门的中专学校，成了当时十分走俏的"吃国粮"的人。而她落榜后还算幸运，招工进了一家工厂当了工人。可企业改制后，她却随着时代的大潮成了一名下岗工人。没有资金，没有技术，为了生活，她不得不做起了卖菜的小贩。我在想，曾经的同学，如果没有那一纸试卷的分晓，我和她必定还是好同学，好姐妹，好闺蜜，还会像从前那样和谐相处，其乐融融。而如今却形同陌路，我心里有说不出的酸楚。

"如果你不能成为一棵大树／那就当丛小灌木／如果你不能成为一丛小灌木／那就当一片小草地……我们不能全是船长／必须有人也是水手……"美国作家道格拉斯·马罗奇的诗句告诉我们，航船除了舵手，乐队除了主唱，学校除了师生以外，还有许许多多的小角色，他们都在做着最好的自己。

我多想告诉我的那个同学，茫茫红尘，无论从事什么职业，我们每个人都是在做最好的自己！你不必躲避我！

1. 阅读选段：

"嗯。"卖菜女简短的一个字回答，却很明显地被她分出两个音段，前段激情昂扬，后段却无精打采，给人一种怪怪的不可思议的感觉。

思考：卖菜女一个"嗯"字分出两个音段，她为什么先"激情昂扬"，后又"无精打采"呢？

2. 卖菜女怎样的经历和处境使她低头逃避同学？简要概括。

3. 作者希望她和同学之间该怎么样？简要回答。

4. 卖菜女躲避自己，而自己也在刻意躲避她。如果是你，你是卖菜女或者你是作者，你该怎么做？从其中一个人物的角度叙述一下。

参考答案：

1. 卖菜女的两把带着露珠儿的嫩豆角静静地躺在那个没有几样菜的电动三轮车上，本来卖不出去，无人问津，作者的出现，让她为有了买主而激情昂扬；当她认出作者是她初中的同学，由于想到工作的不同、地位的不同、处境的不同，感到自卑，而又局促不安、无精打采。

2. 曾一样都是天真快乐又品学兼优的好学生，都拥有美好的青春，曾一起海阔天空地谈天说地，曾经和同学相处和谐，共同向着升学的目标奋力飞翔。但中考落榜使她与同学分离开来，在以后的人生道路上书写着不同的命运。虽然她落榜后幸运地成了一家工厂的工人。但企业改制后，她却随着时代的大潮成了一名下岗工人。没有资金，没有技术，为了生活，她不得不做起了卖菜的小贩。

3. 作者偶遇同学，想即刻就买下她车上所有的菜，让她早点儿回家，但感觉自己的出现而令同学感到卑微时，多么希望自己还能和她一起谈天说地，憧憬美好的未来，希望和她能像从前一样还是好同学、好姐妹、好闺蜜，还会像从前那样和谐相处，其乐融融，希望她能理解自己而不要躲避自己。

4. "如果你不能成为一棵大树 / 那就当丛小灌木 / 如果你不能成为一丛小灌木 / 那就当一片小草地……我们不能全是船长 / 必须有人也是水手……"美国作家道格拉斯·马罗奇的诗句告诉我们，航船除了舵手，乐队除了主唱，学校除了师生以外，还有许许多多的小角色，他们都在做着最好的自己。

茫茫红尘，无论从事什么职业，我们每个人都是在做最好的自己！你不必躲避我！

长一段时间，女儿还会梦呓般地闹着要回乡政府的那个家。

时间犹如白驹过隙，十四年一晃而过，可根植于那个乡间小院的记忆一如我那些年种下的丝瓜的茂盛藤蔓，葳蕤在我记忆的深处，在岁月的荒原上努力地生长……

# 梅开四季

一直以来，梅一如娇柔的女子，带着一剪情思，穿越茫茫风雨，盈盈在我的心里开成最美的画面。

盘点所有的花卉，梅是我的最爱。之所以爱梅，不单单因为她不与百花争春光，不与群芳斗艳丽，而多为我有个叫梅的闺蜜好友吧。梅是我在《昏暗的日子，暖暖的情》里写到的那个在我父亲去世后的那段昏暗的日子里，陪我流泪，陪我悲伤，陪我难过，并给我诸多温暖的师范同窗好友。因了那段难忘的温暖，我时常把梅与梅花联系在一起。梅就介于我和梅花之间，我们三位一体，用诚挚丈量着每一个冬天的寒冷与荒凉。

二〇一五年遇到了冷冬，那些探春萌动的嫩芽都被寒冷封杀在春的门外。我想，那些傲霜凌雪的梅花不至于会像那些普通的花草般地被寒冷封杀在春的门外。在蜡梅绽放的季节，我应朋友之邀，到古今园去拍梅花。尽管是三九寒天的季节，可基于对比黄金还耀眼的蜡梅能点亮这个季节的憧憬，一路上，我们都陶醉在所向往的蜡梅花开的温暖里。

146

走进古今园，我远远地就将目光聚焦在蜡梅树上，期待蜡梅能以冷凝的清香芬芳这个季节，以绽放的姿势打破寒冬的荒凉。随着距离愈来愈近，我近乎屏息般地做着深呼吸，努力地搜嗅着蜡梅的清香，瞪大眼睛逡巡着蜡梅的绽放的身影。可是无论我怎样搜嗅，怎样逡巡，却终究没有梅的清香冲刺鼻孔，也没见梅的绽放充盈眼眸。后来，我们还是在园林工作人员的指引下，才在那冻僵的陈年旧枝条的梅丛深处，找到几个冻僵了的蜡梅骨朵，她们那么羸弱，那么娇小，大的比黄豆大不了多少，小的也就只比大米饱满了些，有的则是刚刚萌动……可她们却都等了一个生命的轮回——整整一年的时间，才羞羞答答地萌动而出，还未来得及绽放，未来得及感受生命的美丽，刚一露面，就被强冷无情地封杀在绽放的门外，将幼小的生命定格在骨朵时期。静静地凝望着那些冻僵了的花骨朵儿，我的思绪纷繁，蓦然感觉她们就像几个夭折的孩子，内心泛起一阵哀伤。

　　那一次，我们没有拍到蜡梅，却感到冬天格外寒冷，只得在寒风里失望而去。

　　早春三月，微信朋友圈里传出曹州牡丹园的红梅与杏梅花该开了。心想，既然天公不作美封杀了蜡梅绽放，说什么也不能错过赏红梅与杏梅，第二天一早我便独自赴一场与梅花的约会。

　　杏梅、红梅褐色的枝条已泛出活色，枝条上萌动的花苞羞涩地打着骨朵儿，像是在等一场与春风的邀约。寒意未减的早春里，一场春风正缓行在从南方赶往北方的路上。望着那些跃跃萌动的梅骨朵儿，真想借来风神的宝囊，放一场浩大的春风，吹得满树灿然。幻想总归于幻想，终究无法企及，我只能又一次在错过满树梅开的失望里悻悻而归。

　　梅的花期有两到三个月之久。这期间，我一直都憧憬着与梅花来一场盛大的约会。可时光荏苒，等我又一次到曹州牡丹园去赏梅的时候，并没有看到我憧憬已久的满树花开，陈年僵硬的枝条已是虬枝四展，退去了死气沉沉的褐色，红润中透着青绿的生机，嫩绿的梅叶已盈上枝头，花托在绿叶间瞪着苍茫的眼睛凝望天空，像是欲哭无泪，落英满地。一个个花瓣哀伤地躺在地上，像是睁大了空洞的眼睛，幻想着如何重艳枝头。望着那满地的落英，让人仿若看到那个叫黛玉的娇柔女子泪眼婆娑地在梅树下扪锄葬花的凄凉。

没想到我欣然满怀希望而来，却又一次与绽放的梅花失之交臂，错过了一树梅开，只得怅然大失所望而归。

一次次地错过梅开，我想，或许今生我与梅无缘。倘若真的与梅无缘，那么我又怎么会有个叫作梅的闺蜜？我永远都不会忘记，是她在我失去父亲的悲痛里，一直陪伴在我的左右。那期间她曾神秘地失踪了三天。三天后，当她再次出现在我面前的时候，她的手里捧着一件如盛开蜡梅花般亮黄色的毛裤。那件毛裤是她看到我因服孝不能穿原来的红毛裤而冻得发抖后，就即刻到街上买了毛线，一针一线地夜以继日为我赶织出来的。从上街买毛线到她把毛裤呈现在我的面前，仅仅用了三天的时间。当时，望着梅红肿的眼睛和那件毛裤，我感动得搂住她大哭起来。

近三十年的光阴如白驹过隙，可梅与那件一直被我珍藏着的亮黄色毛裤，构成了我生命里永远盛开的梅花，开在我生命的四季，温润我生命的底色。

# 抹不掉的记忆

那时，三奶奶不到四十岁，一米七〇的个子，皮肤白嫩、细腻，微微泛着红润，乌黑的过耳齐发用黑线卡卡在耳后，柳叶眉下一双炯炯有神的大眼睛如一汪碧水，是我见过的女人当中最俊俏的一个。

三奶奶娘家是地主成分，是大户人家走出来的女子，她是当时我们村唯一一个识字的母亲。虽然三奶奶品貌出众，但三爷爷却个子不高，相貌平平，是一个憨厚淳朴的庄稼人。在现在看来，他们实属那种看起来很不般配的夫妻。不过他们夫妻俩几十年来相敬如宾，恩爱有加。在我的记忆里，他们从来没有红过脸、吵过架，是典型的模范夫妻。

三奶奶一生中，生育了三儿四女七个孩子。娘家早年就移居山西，父亲早亡，唯独三奶奶一人留在山东。

三奶奶是个心灵手巧的女子，裁剪是她的拿手之技。她的剪裁方式与众不同，裁剪时的用具只有一把剪刀。她用眼睛和手作为尺子，随便找来一个随处可得的土坷垃作为画粉。她见过的人不用到场，把布料铺在床上、桌子上，抑或是地上的苇席上，伸手张开虎口，很随意地拃几下，用土坷垃画出几道粗略的线条，几剪子下去，一件裁好的衣服就在她的巧手下诞生。看似很简单的裁剪，做出来的衣服却合身得体，无不让人惊叹三奶奶鬼斧神工的绝技。本村乃至外村的妇女，只要做衣服，就会掂块布料去找三奶奶裁剪。她即便再忙，也从来不推辞，在她的人生字典里好像就没有"不"字。

三奶奶还有一个绝活——剪花，也就是艺术上所称的剪纸。三奶奶的剪纸方式也与众不同，她不需要准备工具和原料，家里常用的一把剪刀和几张废弃的破书纸或废本子纸，她信手拈来，无须画，凭着想象很随意地剪上三五下，用时一两分钟，一幅栩栩如生的花鸟鱼虫的剪纸便在她的巧手下诞生了，无不令人钦佩叹服。我们小时候，还很时兴穿绣花布鞋，本村甚至外村的大姑娘、小媳妇，抑或是孩子穿出来的花鞋，花样都出自三奶奶之手。绣花更是三奶奶的拿手绝活。

村里的喜忧大事，三奶奶便是当之无愧的主角。有喜事，三奶奶会忙不停地去帮忙做被子。有嫁闺女的，她去帮忙做嫁衣，为了做出来的衣服平整而好看，在当时没有电熨斗的情况下，就用茶缸装上热水或炭火，慢慢地把做好的衣服或绣品烫熨平整；等嫁出去的闺女生了孩子，她还要毫无保留地使出自己的绝技：剪花、绣花、裁剪、做小衣服，让主人在祝酒时把三奶奶的辛劳化成风光和体面带去。要娶媳妇的，儿女双全的三奶奶要按照当地的习俗，为其铺床、燎车、接新娘、唱喜歌、祝福……村里有了丧事，三奶奶要按照当地丧事的风俗做孝衣、糊孝鞋、发酵发家面、烙制打狗饼、净面、唱挽歌送行……

三奶奶像一棵老树，她把自身的营养都无私地输送给了枝叶。

三奶奶的儿女们大都在城里工作、经商和生活，日子过得富裕。他们让她和三爷爷到城里居住，可她过不惯城里的生活，依旧和三爷爷守着他们生活了几十年的家。在三奶奶最后生病住院的日子里，儿女们让她住城里最好的医院，他们知道母亲辛苦了一辈子，为孩子和家庭付出

了一生的心血，他们想用孝心把母亲的生命无限延长，可是美好的愿望
并不能改变生老病死的自然规律，她这棵苍老的大树最终还是倒下了。
料理了一辈子丧事的三奶奶，在那时则静静地躺在棺材里，成了小村人
为之忙碌的主角……

## 流泪的雕像

　　时隔一个月，再一次见到他的时候，他的变化让我简直不敢相信自己的眼睛——原本身材魁梧的他如今足足地瘦了一大圈，看起来依然是自然微笑的表情里多了一份淡淡的清愁，言语间也少了往日的风趣幽默——所有这些皆缘于他的儿子小松生的一场大病。

　　他今年四十六岁，有过四次婚姻。或许，这是他一生的骄傲，也是他一生的无奈。看得出，真正让他骄傲的是他的三个可爱的儿子。大儿子小松二十五岁，已结婚生有一个八个月大的白白胖胖的女孩儿；二儿子小大儿子一岁，小儿子才一岁半。这三个儿子分别由他的第一、二、四任妻子所生。不管儿子们对他有何看法，又如何对待他，他却把每一个儿子都视为自己的心头肉，心肝宝贝一样地宠着，爱着，疼着……

　　刚生下小松不久，他就和第一任妻子离了婚，和另一个女人结了婚，在城里重新组建了家庭，把小松交给乡下的父母抚养。尽管小松和大多数单亲家庭的孩子一样，在父方的家庭里，听着周围人说着自己母亲的坏话长大，却从来没见过母亲，无形之中母亲便以丑恶的形象朦胧在他的生命里。随着年龄的增长，看着别的孩子都有父疼母爱，而只有他与祖父母朝夕相处，看着那个又娶妻生子而居住在城里的父亲回家看望他和祖父母，就像走亲戚一样，来去也匆匆，他感觉父亲的心里只有继母和弟弟，根本容不下他，本来就模糊的父亲的形象变得更加模糊与渺小，甚至是名存实亡。

祖父母看着小松没有父疼母爱，就把他视为宝贝一样娇着，宠着，惯着，对他格外疼爱——捧在手里怕飞了，含在口了怕化了，甚至慢慢把那格外的疼爱演变成了溺爱，一切的一切都由着小松的性子来。在这种隔辈亲的家庭里长大的小松，慢慢地养成了忧郁、任性、暴躁、冷漠、不羁的性格。

"你又没养过我，你凭什么管我？"每当父亲教训做错了事的小松时，他总是瞪着仇视的眼睛，玩世不恭地嘲弄着顶撞父亲，很多时候弄得父亲下不了台。面对儿子的嘲弄与顶撞，想想自己毕竟没有尽到父亲的责任而有愧于儿子，于是，他便能忍则忍，能容则容，在父母"树大自直"的劝导里，常常以无言的沉默而告终。

"凭什么？就凭我是你老子！我就可以管你，可以训你，可以骂你，可以打你……"面对儿子的顶撞与质疑，实在到了忍无可忍的时候，他便搬出"三纲五常"中"父为子纲"的伦理来教训儿子。

他们的父子关系就这么不冷不热地存在着，僵持着。面对有过四次婚姻而不养他的父亲，小松从内心里鄙视他，甚至是仇恨他。即便是他为小松盖房、娶妻，可有了孩子的小松，当别人在他面前说起他父亲的时候，他的脸上依然写满不屑，内心依然是鄙视、厌恶，甚至是仇恨，他们的父子关系依然没有丝毫的好转。

小松陶醉在为人夫、为人父的幸福里，发誓自己绝不会像父亲那样，一次次地抛妻弃子，把无尽的痛苦都留给曾经的妻子与孩子，他会好好珍惜妻子与孩子，给她们一份完整的爱，一个完整的家。他要拼命地挣钱，让她们母女过上幸福而快乐的生活。正当他在为自己小家庭的未来编织美好梦想的时候，却意外地感觉呼吸不畅，随之吐出的痰里也混有殷红而刺眼的鲜血，他以为是由于自己经常在野外劳作而上了火，等过几天就会慢慢好起来的，起初他并没有在意，也没有言传。可一连好多天过去了，他依然在吐血，妻子发现后强拉着他去医院看医生。谁曾想到，这么一看，却看出了一场意想不到的大病——空洞型肺结核。肺上有个洞，需要赶赴济南或北京医疗条件较好的大医院立即手术，否则后果不堪设想……

别说去首都北京，就是去省城济南开胸做一次大手术，对于刚刚成家的小松夫妇来说，无疑也是一件望尘莫及的大事情！听到这个不幸的消息后，小夫妻俩顿时就懵了，四目相对无言，一任簌簌的泪水无声地流淌……

小松望着柔弱的妻子和她怀里咿呀学语的可爱女儿，想着自己将不能出去挣钱，还要花去大笔的治病费用。这笔费用少说也要近二十万。二十万，对于这对小夫妻来说简直就是一组天文数字。再说了，就是有父亲顶着，可他既没有稳定的工作与固定的收入，也没有可以变卖的固定资产与过硬的人脉关系，他拥有的就是他的四次婚史、三个儿子和需要赡养的父母，可以想象他是不会有什么积蓄的。二十万元对他来说同样是个不小的数目，他同样拿不出来。

可是，当他知道儿子的病情后，悲伤难过之余，刻不容缓，毅然决然地开始了筹钱。他想，哪怕是自己卖血、卖器官也要在最短的时间内筹齐给儿子看病的钱，治好儿子的病。他一边筹钱，一边给愁肠百结的儿子、儿媳许诺——以后他会拼命地挣钱还账并养着他们一家三口。当一个邻家孤寡老太太拿着五千元现金送上门来的时候，他一个堂堂的七尺男儿，"扑通"一声跪在了地上道："谢谢您老人家救我儿子的命……"

他知道，这钱虽然不多，可或许这就是一个农村老太太一生的积蓄。小松望着眼前的情景，眼里顿时盈满了泪水……

父亲和家人一边安慰小松，一边四处筹钱。仅仅三天的时间，就筹够了二十万元的医疗费用。他们带着小松连夜赶到了省城济南的大医院，办理了入院手续。

在医院里，因为有个八个月大的孩子，小松的妻子不能天天守护在他的病床前，而父亲则成了一刻也不能离开的陪护者。他为儿子跑前跑后，端屎端尿、拿药喂饭……所有该干的与不该干的，他全都包揽下来。小松仔细看着忙前忙后的父亲，蓦然发现他像是瘦了很多，头发也好像一下子白了好多，挺直的脊背仿若也有些佝偻了。他从来没有这么仔细地端详过他所仇视的父亲，就这么仔仔细细地看着，不知不觉间眼泪就盈满了眼眶……

小松被推进手术室，医生关上了手术室的门——那一道生死未卜之门，他那颗悬着的心就像一下子被掏空了一样，所有的神经也都像渔网收紧被拎了起来一样，"扑通"一声跪在了地上——他跪求苍天，祈求苍天开恩，保佑他的儿子手术顺利……

手术进行中，每一分一秒对他来说，都是无以言说的煎熬。儿子的手术进行了足足六个小时，他就在手术室门外的地上跪了足足六个小时。男儿膝下有黄金，他是男人，可他也是个父亲。他为了儿子的安危，什么样的苦都能吃，什么样的罪都能受。如果能够顶替，他情愿躺在手术室无影灯下手术的人是他，而不是亲爱的儿子。此时的儿子在忍受着病痛与切肤之痛，而他却在忍受着无以言说的熬煎。他泪流满面地跪在地上，无论是同去的亲人，还是来往的陌生人，都无不为之动容。无论大家怎样劝他，拉他，求他，他都虔诚而岿然不动地跪在那里，把自己跪成了一尊流泪的雕像……

当小松在重症监护室里苏醒过来之后，第一眼看到父亲的时候，他发现父亲显得更加苍老了。当护士告诉他，他的父亲在他手术时的足足六个小时里，一直岿然不动地跪在地上为他祈求平安时，他的泪水再一次夺眶而出，簌簌的泪水瞬间冲塌了在他心里坚固了二十多年的那堵仇恨的墙……

# 我与喜鹊毗邻

前几天，我在家里后阳台上偶尔一抬头，发现一对喜鹊在对面楼房前阳台的防盗网上安了家。

"喜鹊叫喳喳，喜事来到家。"人们把喜鹊看成是一种报喜的吉祥鸟，把它誉为美好、吉祥、喜庆的化身，虽然它的叫声不是十分清脆悦耳与婉转动听。以往过年的时候，人们常常买来一张喜鹊登梅的年画，以祈求来年将有喜上眉梢的吉祥。

在家稍有时间，观察那对喜鹊便成为我生活中打破寂寞的一种雅兴。从我家的厨房、餐厅、客厅，透过玻璃就能将喜鹊家里的一举一动看得一清二楚。它们身着黑白相间的衣服，带着几分庄重，透着几分喜气，好像是时下流行的情侣装。喜鹊的体态灵秀，颜色素朴。头、颈、背和尾部是乌黑的，油光可鉴地泛着淡紫色的光润，透出诱人的韵味。喜鹊除两肩和翅膀上都各有一块白斑、腹部是白色的外，其余的部分都是黑色的。黑白两色，把喜鹊装扮得干净而明快，朴素而雅致。一双机灵的小眼睛如同一对滚动的黑珍珠，时睁时闭，一眨一眨的，闪着机敏，动着灵气。特别是它那长长的尾巴，使它显得更加妩媚动人。它们时而在防盗网上走来走去，尾巴总是随着走动一翘一翘的，头和身体也随之一颤一颤的，一副闲庭信步的样子，显得那么机灵可爱，又活泼生动。飞行时轻盈地展开翅膀，几乎看不到翅膀的扇动和震颤，像是在空中优美地平缓滑行。

平日里，喜鹊夫妇同出同入，同栖同宿，同衔草做窝，同歌唱飞翔，看上去步调一致，俨然是一对恩爱夫妻。可最近几天我却发现只有一只喜鹊独自飞进飞出，而另一只喜鹊却整天在窝里足不出户。我想或许喜鹊也像人们一样，夫妻间闹矛盾了，那只恋窝的喜鹊大概是雌性喜鹊，也像女人生气一样不吃饭、不起床。仔细观察却发现，当那只喜鹊衔来柴草之后，堆在旁边，继而又飞走，很快又衔来草儿，继而循环往复。而另一只喜鹊在窝里，不停地叼着柴草，前后左右地摆动着，精心修筑爱巢。

当我把观察到的现象告诉丈夫时，他却半认真半开玩笑地告诉我，那只恋窝的是雌性喜鹊，或许它已经到了预产期或在坐月子不便出行，才让那只雄性喜鹊单枪匹马独闯天下的。看来男人的想象力有时要比女人丰富。

人们常说喜鹊不是凡俗之鸟，不为世俗所鸣，不落尘俗之处。也许是缘于那个牛郎织女鹊桥相会的美丽传说吧，是牛郎织女的故事赋予了喜鹊超凡脱俗的神奇光环。遥想七夕之夜，天宫里玉宇澄清，银河波澜不惊，在苍茫广阔的银河之上，喜鹊神奇地架起一座惊人的爱桥。迢迢牵牛星，皎皎河汉女，在喜鹊搭起的天桥上相会，"执手相看泪眼，竟无语凝噎"，那情那景是何等的凄美缠绵，是何等的动人心魄，是何等的令人心生向往！而承载起这段千古爱情神话的喜鹊，自然成了人们赞美与讴歌的对象。

联想着喜鹊美丽的神话传说故事，与这吉祥的鸟儿毗邻而居，每天在喜鹊"喳喳"的鸣唱中醒来，感觉生活无限美好。

# 独特的风景

不知从何时起，青年路南段少了一道独特的风景——一位百岁老人和她的鞋铺。

说起老人的鞋铺，不过是个小鞋摊而已。准确地说是在一个被淘汰了的焊制粗糙的婴儿车上摆了十几双小鞋子和一些小棉衣之类的纯手工婴幼儿用品的小摊。上面挂着"百岁婆婆鞋铺"的招牌。那个看似不起眼的招牌，是山东电视台齐鲁频道的记者在采访她的时候挂上去的。

老人叫郑暮仁，戴着"百岁老人"的桂冠，与时间和解。曾被多家电视台争相报道过。

一年四季，郑婆婆都从容地坐在"鞋铺"旁，一边穿针引线地缝制着沧桑岁月；一边耐心地等着买主。无论严寒酷暑，只要街上有人，老人就会在鞋铺旁坐成一道风景。三十几年如一日，她不求发展壮大，不为名利得失，用一双勤劳的手缝制一代又一代人脚下的日子，用一颗淡泊的心送走一个又一个的日月晨昏。

那是二〇一一年秋日的一个下午，我在漫无目的地闲逛时来到了郑婆婆的鞋铺前。适逢那天没顾客，我便有幸坐下来与她攀谈起来。那年，她一百〇一岁。

交谈中，老人始终都没有停止忙碌。她一边陪我聊天，一边飞针走线。她双手灵活，眼不花，耳稍聋。做起针线来，竟然不用戴花镜，就连纫针，也能很轻易地就将线穿过针孔。

老人自幼丧母，与父亲相依为命。她从小就吃尽了苦，受尽了穷。十六岁结婚。生育一女。四十七岁时丈夫因病去世。如今和女儿一家生活在一起。

她平静地讲着自己的人生经历，淡定得就像在讲述着别人的故事，抑或是诉说着上一个世纪的事情，那一切都仿佛与她无关似的。静静地望着她脸上那纵横交织的或深或浅的皱纹，听着那无边的苦难从一个没有牙齿的百岁老人的嘴巴里淌出，泪水湿润了我的双眸。

辛勤劳作贯穿了老人的一生。她看大外孙辈，又看大重外孙辈。她七十岁那年，看到邻家的孩子穿着新买的童鞋，双脚磨得通红浸血，又捂得臭烘烘的，孩子难受得"哇哇"直哭。郑婆婆看在眼里，疼在心里。她连夜给那个孩子做了一双布鞋。

孩子穿着她做的鞋子欢蹦乱跳。郑婆婆寻思着，不知道有多少孩子苦于没有合脚的鞋而影响发育。于是，她萌生了做很多很多童鞋给孩子们穿的想法，并很快就付诸行动。起初，她的童鞋是免费的。只是家长们看到老人家一针一线地做挺不容易，硬是塞给老人一些钱。长此以往，老人便到门口的大街上开起了"鞋铺"。冬天是棉靴，春秋天是深口鞋，夏天是浅口鞋和布凉鞋。一双双做工精细的鞋子穿在孩子们的脚上，既美观大方，又舒适养脚。

女儿看老人上了年纪，心疼地劝她在家安度晚年。说得少了，她听不进去；说得多了，她便闹情绪。后来，女儿感觉到鞋铺是母亲的精神支柱，令她的人生价值与社会价值得以体现。她也便由阻拦慢慢变成了支持。

三十多年来，老人不辞劳作，已记不清自己究竟做了多少双鞋，又做了多少件棉衣，更不知道有多少个孩子穿着她做的衣服和鞋子步入了人生。

当我和老人攀谈时，她的一个邻居围了过来。说在春天的时候，老人生了一场病，躺在床不能动弹。医生检查的结果却无大碍。

"娘，开春了，满大街的小孩子都等着穿您做的小衣服小鞋子呢！您不起床，他们穿啥？"女儿处心积虑的这招可真灵！老人强打着精神起了床，晒了一天太阳，第二天就出摊了。那一天，她卖了十多身小衣服、二十多双小鞋子。老人高兴得合不拢嘴，她的病一下子全好了，而且显得更加精神矍铄。

我和郑婆婆攀谈了半下午，当我起身要走的时候，她还有点恋恋不舍，再三嘱咐我有时间就去陪她聊天，并要送我一双小鞋作为纪念。

我告诉她我孩子去上大学了。临走时，我塞给她一百元钱，说是给孙子预订鞋子，等他该穿的时候，我再去找她取鞋。

郑婆婆见我大有祝福她长寿之意，便乐呵呵地接了钱与我挥手告别。

那时，我真希望若干年之后，我的孙子要穿鞋的时候，老人还能一如既往地在街上坐成一道独特的风景，让孩子沾着老寿星的福气迈开他人生第一步……

老人她的鞋铺的位置空荡荡的，我的心也随之空了起来……

## 我的奇葩闺蜜

我这辈子最幸运的事就是有个善良而奇葩的闺蜜。她的善良让我感受到了生活的美好，她的奇葩涂抹了我苍凉的生命底色。

那是一个风雨飘摇的秋日，她披着雨披骑着自行车穿梭在风雨里，匆匆忙忙地去上班。

"妈妈，我冷！妈妈，我冷……"男童凄厉哆嗦的声音像长了翅膀一样，穿过雨帘钻进她的耳朵。她要迟到了，顾不了那么多，继续赶路。

"妈妈，我冷！妈妈，我冷……"那声音仿若出自于儿子之口，带着磁铁般的魔力，牵引着她朝着那声音的方向走去。

一个女人抱着她三四岁的男孩儿，瑟瑟地站在公交站牌下。母子俩衣衫单薄，嘴唇青紫。尽管女人紧紧地抱着男孩儿，他却还是不停地发抖，不停地喊冷。

她见状，想也没想就掀开雨披，脱掉自己的外套给了那对母子。女人还未来得及道谢，她就消失在风雨里。

她本想签个到就回家去穿外套，却忘记了那天要开大会，刚停好自行车，集合铃声就响了。她无奈地看了看自己丰满的身体与不相宜的紧身秋衣，只得苦笑着摇摇头，奇葩地穿着雨披去开会，引得大家哄堂大笑，之后又窃窃私语着对她不时地行注目礼。

有一次，她刚走到她所在的机关大院，刚从办公室走出来的分管领导对她说，有个通知就放在他的办公桌上，让她自己去拿。知道主人不在，她就径直走过去，一下推开了门。那一刻，她傻眼了——女领导和两个陌生人正坐在那个办公室里。见她那么莽撞地进去，女领导不耐烦地白了她一眼。

在回去的路上，她十分懊悔自己的莽撞，机械地走到自己办公室门口，优雅地举起右手，轻轻地一下一下敲着门……敲了半天没有动静。后来，当路过的同事问她怎么敲自己的门时，她才醒悟过来，不好意思地笑了。

一天早晨，她慌慌张张地刚要出门，手机响了。是母亲打来的电话。

"娘，我上班要迟到了，先挂了电话吧！我得赶快找找我的手机。"她这么给母亲说的时候，急得团团转，满房间里找着手机。

"你不是在用手机给我打电话吗？"母亲提醒她道。

"哈哈哈……"她被自己的奇葩引得大笑起来。

# 偶遇记

走下公交车，我拖着疲惫的双腿，顶着正午毒辣的秋阳，一步一步丈量着回家的路。此时，对我来说，离家不足五百米的距离，仿若天涯般遥远。

"喵，喵，喵……"不远处传来几声隐隐约约的猫叫声，声音虽然细微、羸弱而凄凉，但是，还是很真实地传入了我的耳膜。我四处张望了好大一会儿，却没有觅到猫咪的踪影。当我把逡巡的目光落在僻静的荒芜处时，那里枯草凄凄摇。心想，或许是独行僻静处的幻听在作祟吧。于是，便没有在意，继续疲惫地前行。

"喵，喵，喵……"又是一阵羸弱的猫叫声，而且随着我的行走，这猫叫的声音离我越来越近，清晰地传入我的耳膜。

"咪咪，咪咪，咪咪……"我像是唤着家里原来养的那只白猫。

"喵，喵，喵……"听到我的呼唤，羸弱的猫叫声回应着与我互动。

当我再一次把目光投向那凄凄枯草的时候，摇曳的枯草丛里钻出来一只黑色的小猫咪，它喵喵地叫着，径直走到我的面前。

我蹲下身来，怜悯地将那只小猫捧在手里。或许，它感受到了我手上的温度，找到了一种久违的温暖与安全的感觉，旋即停止了"喵喵"的叫声，眼巴巴地望着我，像是一个走失的孩子找到了母亲。

我仔细地打量着手里的小猫咪——它那么小，只有巴掌那么大。我不知道它究竟有多大，但直觉感觉告诉我，它出生不会太久。一身黑色，毛毛茸茸的，或许是因为饥饿的缘故，全身的毛或竖立或倒垂，或平行或倾斜，总之，所有的绒毛都像是与身体的某一部位保持着垂直的姿势。它的左眼被眼屎糊得半睁着，两只小眼睛灵性地望着我……我疑惑起来，这么小的猫咪，怎么会独自深处荒野？它是自己走丢的，还是被主人遗弃的？天越来越冷，它这么小，怎么能度过秋冬？

"咪咪，咪咪，咪咪……"我手捧着那只可怜小猫咪，张望着那丛凄凄枯草继续呼唤，企图唤出它的母亲或是姊妹，让它与失散的家人团聚。

就在我与小猫咪对望的那一刹那，我从它的眼神里读出了无助与祈求，甚至还有绝望，也就是在那一刻，我内心最柔软的地方被怜悯触痛了——我决定收养它，拯救一个小小的生命，不让它再独自流浪。于是，我捧着它朝着家的方向走去……

当我刚走几步的时候，小猫咪望着我，再一次"喵喵"地叫着，像是对我表示感谢，又像是对我质疑：你拿什么来养我？你能养好我吗？

是猫咪的叫声让我停下了脚步。我开始了一系列的思索——收养了猫咪，就要给它营造适于它生活与生存的环境。可我拿什么给它营造？工作、家务、写作、红尘琐事、交往应酬……这些都令我忙得不可开交。再者说来，女儿在外地工作，丈夫因工作忙碌很少在家吃饭，我一个人的一日三餐还是东拼西凑，整天糊糊弄弄地过日子。自己吃饭都成问题，又拿什么来让这只小猫咪吃饱、吃好？猫咪是一个活生生的生命，我收养它就要对它负责。居住楼房，我没有足够的时间带它到楼下去放风，它的拉撒问题怎么解决？尽管我心存满满的善良，又有足够的怜悯，可面对生活实际，我不得不冷静地思考，不得不将一时怜悯而激起的冲动慢慢冷却下来，与其说让它在家里挨饿受苦，还不如让它等一个有闲的人收养。于是，我毅然把猫咪送回原地，任凭它对我"喵喵"地叫着，无奈而又依依不舍地朝家走去……

那天，原本的疲惫加上我偶遇那只流浪猫的纠结，我不知道自己怎么走到了家……

每当我路过与小猫咪偶遇的地方，我都会朝那个方向多看几眼，满怀愧疚地为那只猫咪祈祷，祈愿它能在时光与自然里，让生命之花绚丽绽放！

## 紫红的桑葚

　　一座杂草丛生的坟茔沉寂于村南的田间小道边，一棵依坟而生的低矮桑树，枝繁叶茂，做着遮天蔽日的梦。那棵桑树上长满了我儿时的期盼，树荫下留有我美好的记忆，生动的画面时常重现在我的梦里。

　　自有记忆起，我就如同祖母甩不掉的小尾巴。或许是这条尾巴长得太结实，或许是祖母不忍心甩掉。她走到哪里，我就跟到哪里。她去村南农田干活的时候，她就把我放在那棵低矮的桑树下，让我和小伙伴们一起在树荫下的小路上玩耍——背鞋底、丢石子、跳人、跳房、丢沙包、拉陀螺……那些土里土气的乡村游戏，带着浓浓的乡野气息，在那个没有玩具、没有动画、没有网络的年代，带给我们无穷的乐趣，留给我们无边的回忆。

　　滞留在我记忆里的那棵桑树，是一棵极其普通的低矮桑树，树干大概有小碗口那么粗细。每当春风拂动树梢，树上刚有绿芽萌动，我们就对那棵桑树寄托了无限的期望，常常仰起头，看着一片片渐渐长大的叶子和绿叶间若隐若现的桑葚一点点长大，一点点变色，痴痴地放飞心中的梦想。仿佛闭了眼，树上就有无数紫红的桑葚摇曳于绿叶间，令我们垂涎欲滴。

是的，是紫红的桑葚，正如鲁迅先生的《从百草园到三味书屋》的描述："不必说碧绿的菜畦，光滑的石井栏，高大的皂荚树，紫红的桑葚，也不必说鸣蝉在树叶里长吟……"正是因了鲁迅先生这样的描述，才让我对记忆中的那棵低矮的桑树以及那紫红的桑葚，多了一份深深的眷恋。

清晨或是雨后，桑叶上的露珠晶莹剔透，就像是谁忘了收回去的眼神，被初升的太阳一照，折射出七彩的光芒，把我们稚嫩的梦想镀上一层神秘的色彩。

攀爬那棵低矮的桑树是记忆里的一件趣事。或许是那棵桑树不堪重负的缘故，树冠上的枝杈都趋于平缓。斜躺在平缓的枝杈间，就像躺在摇椅上一样，舒适而惬意。有时会斜躺在树上安静而入神地看一本小人书，有时会斜躺着抓紧蹬牢枝杈，用尽全身的力气摇晃，让那棵低矮的桑树随着我们的摇晃而树枝颤动，疯狂地弹跳我们欢快的童年。

阳光是一支神奇的画笔，它用无穷的魔力轻轻描摹，便让黄绿色的桑葚一点点长大，一点点变得青绿，然后再涂上红色来遮掩青涩，继而又把浅红涂成深红，而后再加重色调涂抹成紫红。

小孩子馋嘴。我们常常望着树上刚刚脱去绿衫，尚未换红袍的桑葚，更等不到它们穿上紫袍，就急不可耐地伸出贪欲的小手，夺去阳光着色的画笔，把它们变成打牙祭的美味。

桑葚成熟的季节，那棵桑树就如同打出了招魂伞一样，用无穷的魔力吸引着我们的魂魄，牵动我们的脚步，让我们一步步靠近它。

咀嚼着紫红的桑葚，口舌生津，汁液晕染着唇齿，有时会把脸和手也染成紫红色的。那紫一块白一块的色痕涂染在脸上，就像京剧里小丑的滑稽脸谱。有时候，我们还会趁小伙伴不注意时，恶作剧地把他们脸上或身上涂上桑葚汁液，开心地嬉戏、打闹、追逐……

即使我们用尽爬树的所有本领，依然摘不到树梢上那些紫红的桑葚，而这些紫红的桑葚则成了鸟雀们觅食的目标。空中盘旋的鸟雀们停落在枝头，以胜利者的姿态，一边叽喳喳地叫着，一边美美地啄食那些紫红的桑葚，像是向我们炫耀，又像是向我们挑衅。面对此情此景，我们就气愤地捡起一地的碎瓦片，瞄准那些嘲笑我们的挑衅者，用力投去……

桑树生长于荒草丛生的坟茔旁。尽管我们时常无拘无束地攀爬那棵桑树，可我们却从来不去踩踏或是攀爬那座坟茔——我们知道，那里面埋着过世已久的一个老爷爷和一个老奶奶。我们都用自己的实际行动，昭示着对他们的无比尊敬。我们无论怎样口无遮拦地说笑，却从不敢说出关于他们的半个字。以至于今天，我都不知道那座坟茔里埋着的是谁，又是谁家的祖先。

当时因为贪玩与贪恋桑葚的美味，常常忘记回家的时间。大人们总是告诫我们：吃了坟头旁生长的东西长白头发！听了这些警告，吃了桑葚的我就会幻想着自己将会变成一个白发苍苍的小女孩，样子是多么的丑陋与可怕！为了让自己能保住一头浓密的青丝，我暗暗发誓：永生不再吃那棵桑树上的桑葚！可是，每当我们看到那些肥硕鲜美的紫红桑葚时，总会把大人们的告诫和自己的誓言都置于脑后，和小伙伴们一起津津有味地咀嚼着紫红的桑葚，任凭汁液渲染唇齿，任凭快乐淹没童年……

如今，青春早已不再，每当我对镜梳妆时，望着镜中的自己，华发肆无忌惮地在青丝间泛滥，我总会联想到那棵低矮的桑树，以及那些紫红的桑葚，还有大人们的那些苦苦忠告。我总会想：或许是因为我当时没有听从大人们的忠告，吃了坟头旁生长的桑葚，而令那些潜藏于体内多年的白发因子，再也忍不住寂寞，生发开来，渲染我的乌丝。

每当桑葚成熟的季节，看到小贩们从乡下贩来的鲜美而肥硕的紫红桑葚，我都会买一些。紫红的汁液渲染唇齿，可如今，我却怎么也吃不出那棵低矮桑树上结出的紫红桑葚的甜美味道。

　　时光流转，那座荒草丛生的坟茔也早已迁往别处，那棵低矮的桑树也早已不复存在，而往事点点，清晰如昨。

第五辑：感悟生命

## 寒阳照彻

最近几天，每当夜深人静时，隔壁就会传出一阵沉闷的咳嗽声穿越寒夜的静寂，如约而至地撞击我的耳膜。因搬家不久，我不知道那咳嗽声来自于何人，却感觉它像是来自于我遥远的记忆。

闻听那酷似遥远的咳嗽声，我的脑海里便会浮现出一副清晰的画面：冬日的寒阳照彻在二十世纪七八十年代的乡村大地上，一排排低矮的平房、一个个不规则的柴草垛都静默在寒冬里。在避风的老屋抑或是柴草垛前，几个头戴棉帽，身着厚厚的黑棉裤、黑棉袄的老年人佝偻着身子，坐在那里晒太阳，有一搭没一搭地拉着家常，抑或是回忆着陈年往事。他们就那么以群聚的形式围聚在一起，抵抗着寒冷，让阳光温暖他们漫长人生的某一时刻，感觉寒冷就像是被大家分担了一样，不再那么冷了。晒太阳的人群里，时不时就有人咳嗽起来，那咳嗽的声音像是带着强大的传染力，引发一阵几个人抑或是所有人的集体咳嗽。每个人的咳嗽声都一声接着一声，一阵连着一阵，众多的咳嗽声在寒冷的空气中交织在一起，混沌成一片，声声阵阵都撕心裂肺，憋得他们面红耳赤。偶尔有几个调皮的孩子前来追逐嬉戏，他们便会在咳嗽的间或里严厉又不耐烦地训斥他们，直至把他们赶走，像是没有调皮孩子的捣乱，那声声阵阵的咳嗽声便会变得畅通无阻起来……

在那个贫穷落后的年代，那群聚晒太阳的画面想必是乡村冬天最为普遍的一道风景。那个时候，取暖无从谈起，生病了就等着在时光里慢慢自愈。别说咳嗽，就是患了大病也很少有人去看医生，甚至是不敢声张，唯恐别人把生病和所谓的良心联系在一起，说他（她）是坏了良心才生大病。

在那泛黄的画面里，我记忆最深的就是我的一个堂祖父。他是我祖父的三叔的儿子——祖父的亲堂弟，我们姊妹们都喊他大爷爷。大爷爷与大奶奶生有三儿七女十个孩子，听大人们说，他们好像还曾夭折过四个孩子。从我有记忆起，大爷爷和大奶奶一到冬天就咳嗽得厉害。听老人们说是因年轻时劳累过度而落下了痨伤，所以才在冬天不停地咳嗽，甚至会咳嗽得上气不接下气。大奶奶五十岁的时候在声声阵阵咳嗽的痛苦折磨中生下她最小的儿子，可她的小儿子刚一岁多的时候，她就病逝了。她具体得了什么病？却没有人知道——她一生都未曾进过医院，也未曾看过医生，她的病就像一个谜一样，至今都没有人能揭开谜底。

大奶奶去世后，大爷爷一下子就苍老了很多，他那原本高大挺拔的身躯，像是被悲伤与生活的重担压得佝偻起来。开始的时候，他还和村里的老年人聚在一起聊天，寒阳照彻的画面里还曾有他的身影。曾有一段时间，他像是走出了丧妻的悲伤，满心欢喜地给他的那些老伙伴们说起有媒人给他提媒续弦，并请他们帮忙征求一下儿女们的意见，得到儿女们极力反对的回应之后，他就再也没有提及过续弦的事，但他像是又走回到丧妻的悲伤里，从而变得孤独起来。

大爷爷家和我们家前后院住着，他家在胡同的最后底，胡同最后底垛着他家的柴草垛，从柴草垛往东沿着他家堂屋的后墙通往一条东西大路。晴朗的冬日，我们从家里一出来，就能看到大爷爷一个人或坐或躺在柴草垛南面向阳的地方晒太阳。寒冷像是将其他一切都收拾完之后，又从四面八方朝他拥围而来，专门对抗着他自己，他有时就把自己埋进柴草垛根的散碎柴草里，露出头脸沐浴冬日的阳光，让他周身的柴草与他一起对抗着寒冷。时不时地，他会抑制不住地一阵接一阵地咳嗽，那咳嗽声阵阵撕心裂肺，像是他周围的空气都随着他的咳嗽而震颤起来，而寒冷却丝毫都不退缩，一拨接一拨地拥围过来，令他蜷缩着身子一阵接着一阵地咳嗽，他那原本酱色的脸就憋得通红。

　　大爷爷唯一的嗜好就是抽烟。他抽烟从来不讲质量，不说品牌，想必他一生所抽的烟绝大多数都是他自制的旱烟，那些旱烟的烟叶是他自己种的。责任制之前，他就在位于我家堂屋后面的小菜园里留一小片地，专门种植烟叶；责任制以后，他就在自己的责任田里种一大片烟叶。种一次大都够一年用的，春种秋收，年年如此。自打烟叶播下种子的那天起，他就像照顾孩子一样精心管理他的烟叶，看到烟叶日渐葳蕤葱茏，他就像是看到了希望一样满心欢喜。夏天的时候，大爷爷看到绿油油的烟叶反射着灼灼阳光，抑或是清晨烟叶的叶角上缀着晶莹的露珠，在阳光的照射下折射着七彩光芒。虽然他没有文化，不懂子诗情画意与子曰诗云，可他却把大自然赋予烟叶的美看在眼里，记在心里，把欣喜荡漾在他古铜色的脸上。秋天的时候，他就把收割的烟叶一把一把地捆好，晾晒干了之后存放起来，等空闲的时候，再把一些烟叶揉碎了备用。他常常把一些烟叶送给祖父和其他吸烟的人，祖父说大爷爷的烟叶比买的香烟味道正、口感好，后来，大爷爷还曾给了他一些烟叶种子，他也曾种了几年烟叶。

　　听大人们说大爷爷之所以冬天那么没日没夜地咳嗽，是因为他有肺结核。小时候，"肺结核"这个令我们不可思议的名词，带着贬义的色彩，像一条毒蛇一样缠绕着大爷爷，让他整个冬天都不得安宁。他就那么没日没夜地咳嗽，却从来没有去看过医生，甚至连去看医生的想法都没有。有人劝他去看看医生，可他总是说，等开了春就好了。他的语气里藏着无奈，也带着期盼。果然，有那么几年，春天的时候，随着气温的回升，大爷爷的咳嗽就会慢慢退避三舍，不治而愈。

尽管大爷爷有肺结核，可冬天他晒太阳的时候，咳嗽的间或里，依然会掏出他的旱烟袋，在腰间的小布袋里盛上满满一烟袋锅烟叶屑，随着他烟袋锅上火光的明明灭灭，大口大口起抽着旱烟，开启他吞云吐雾的悠然时光。有时候，他不用烟袋锅，而用废旧的书纸或废弃的本子纸撕成长条，将一小撮碎烟叶屑卷成一根比通常的香烟略粗略长的烟卷，然后便将烟卷的一端含在嘴里，掏出火柴，熟稔地将烟卷的另一端点燃，接着就大口大口地抽起来。就这样，烟卷的一端明明灭灭地闪着火光，另一端被他含在嘴里猛抽。他那吞云吐雾的悠然神态，神仙似的，很享受，往往这个时候，是他咳嗽退场的间歇里。然而，常常是一根烟卷还未抽完，一阵撕心裂肺的咳嗽又会悄然而至，可一阵咳嗽过后，他依然会接着他神仙般的吞云吐雾。

大概是我参加工作之后的第一个冬天，我回家时从胡同后底经过的时候，看到大爷爷正躺在柴草垛前似睡非睡地晒太阳。我走向前和他打了招呼，他看到我这个堂孙女回来，十分高兴。我刚走没几步，就听到他一连串的咳嗽声一阵紧似一阵，我便立即折身返回，劝他去看医生。他却忍着咳嗽红着脸说自己是老毛病了，不用看，等开了春自然就好了，而后，他便打着手势让我回家。

等我再一次回家的时候，却得知了大爷爷去世的噩耗，我的泪水忍不住地流淌，泪光里，大爷爷那边打手势让我回家边说自己的咳嗽等到开了春自然就好了的情景仿若还在眼前，可他却没有等到开春，就匆匆地走了……

# 放　生

　　窗外刚有一抹亮色，我便从睡梦中醒来，打开床头灯，随手从床头掂起一本杂志，正欲翻阅，一只小小的瓢虫沿着彩色封面爬入我的视线。

　　秋风一阵紧似一阵，秋叶随之飘零。在这删繁就简的季节里，我不知道这只小小的瓢虫是怎样穿越秋风，掠过封闭甚严的门窗，在秋韵里与我结缘的。

　　气温跟着秋风走动的脚步愈来愈低，人们也将随着季节的变换来增加衣物或改变室内环境来捂热自己，从而安然地走过霜凝秋冻，度过冰雪冬寒。看一眼自己，躺在软绵绵的蚕丝被里，温暖而舒适。我不知道这只小小的瓢虫将以怎样的方式才能走过深秋，度过寒冬，抵达远处的春天？

　　我不是性情中人，整日为生活忙碌奔波。第一次这么细致而近距离地观察着这只瓢虫，在我眼里，它并不是我印象中的那种看上去能让人赏心悦目的七星瓢虫，给人以美的感受，或许它只是一只幼虫，一只说不上漂亮的小瓢虫。它的甲壳呈略浅的橘红色，正中间有一道黑色的条纹将甲壳断开，平分为二，两边分别各有两个模糊的小黑点。头部呈黑色，外部以牙白色的镶边，镶嵌着它"8"字形的黑色头部，前小后大，像个精致的勾了白边的黑色牙腰葫芦平面图。

这只瓢虫太小了，置于掌心，如同是手掌上的一枚醒目的略大一点儿的雀斑。我抖动着手掌，小瓢虫机灵地以假死的姿态一动不动地伏在我的掌心，或许它是用这种方式来麻痹"敌人"，保护自己。我平稳地伸展手掌，小东西便迅速地爬了起来。尽管我很仔细地近距离观察着它的爬行，可我依然不能看清它到底有多少只细小的腿。

我恶作剧般地抖动着手掌，将它弄得仰面朝天，它便用它那我数得清的腿仰面做着空爬状，抖动的腿如同旋转的螺旋桨一般，努力地挣扎着。后来，它猛然用尽全力，振翅一跃，终于翻过身来，紧接着便收拢翅膀，快速爬行，试图逃脱……

我就这样来来回回地抖动着手掌，一次又一次地戏弄着这只小小的瓢虫，看着它挣扎着试图逃生……蓦然间，我心灵深处最柔软的神经像是被触痛了一样，鼻子猛然一酸，双眼泛起淡淡的雨雾。模糊的视线里，我忽然感觉自己恍若就是这只小小的瓢虫，躺在命运的大手里，拼命地挣扎着……

试想：如果我轻轻地捻动一下手指，这只小小的瓢虫将会葬身于我的手掌。

我非菩萨转世，可我有一副菩萨心肠，心存善念，有好生之德，无杀生之心。我知道，纵然我有37℃的恒温，却不能让这只小小的瓢虫在我37℃的温暖里平安过冬。它属于大自然，它有着自己的生命规律。于是，我小心翼翼地把它放生室外，让它回归大自然。

不知道有多少只小小的"瓢虫"，在命运的大掌里拼命地挣扎着，但愿他们都能像我所放生的那只瓢虫一样，爬出命运的低谷……

# 感悟生命

在一个阳光明媚的日子里，我去看望了一个刚刚病愈的朋友。平时开朗健谈的他，瘦了一大圈，像一棵曾经葱茏的草，历经沧桑，显得枯萎迷离。

他患的是心肌梗死，昏迷了三天三夜。大病初愈的他，依然开朗地说笑，谈笑声里多了对生命的感慨。

他感慨生命的脆弱，脆弱得让人猝不及防，人的生命甚至还不如一只小鸡的生命力顽强，当生命终结的时候，来不及落泪，来不及告别。多亏抢救得及时，才得以脱险。生命是保住了，健康却在和他挥手告别……

前天中午和同学小聚，传出 Z 同学查出是癌症，腹腔和胸腔内长满了恶性肿瘤，这个不幸的消息让所有在场的同学无不为之感慨万千。

小 Z 才三十多岁，谈吐文雅，调侃有度，多才多艺，写得一手好文章。他那么年轻，以后的路还有很长，他的妻子和一双儿女该怎么办？儿子才两岁，他们需要他，年迈的父母需要他。

想到小 Z，我仿佛又看到了一棵生命的绿草，唱着衰亡的歌子，凄迷哀婉地逐渐走向枯萎……

身边的生老病死每时每刻都在与我们擦肩，当生命的第一声啼哭敲响希望，人们便把所有的愿望都寄托给生命。当死神与生命抗衡的时候，原来强大的生命显得是如此脆弱和无奈，如此让人留恋……

在这个物欲横流的社会里，金钱、地位、物质、利益、声誉……时时刻刻都在冲击着我们的生活，左右着我们的欲望。

想想四川"5·12"大地震，看看身边的生命如同流星般瞬间即逝，名利的诱惑，相对于生命，显得又是多么的渺小与不足挂齿。

小草的枯萎，还有"春风吹又生"的希望，来招展生命力的强大，可人的生命只有一次，不能重来，没有"如果""假设"之类的设想。

人的生命还没有一颗种子的生命力强大，一棵小小的种子，遇到不论多么劣质的土壤都会破土而出，绽放出春天的美丽，即使遇到干旱枯萎，遇到哪怕一点一滴的甘露便又会勃发生机，迎风招展。

然而人呢？天灾、人祸、战争、病魔……无不袭击着人的生命。生死存于瞬间，一旦死去，不能复生，空空留下亲人活在痛苦里，感慨对生命的无奈和悲痛。

我们无须赞美生命的强大，无须高唱生命的赞歌。在岁月飘逝的长河里，生命是真实的，脆弱的，无奈的，短暂的。她像冰峰上开出的一朵雪莲，展示自己凄美和壮观的同时，也尽显了孤寂和无奈，努力把自己的妩媚绽放在冰泪里。

无人知晓自己生命的里程碑还有多长，哪一天将在自己人生的长廊上画上句号。

然而，人生的旅途上，每一个人都是一处优美的风景，每一张笑脸都是一帧绝美的画卷。让我们在岁月的长河里，抛弃生命以外的困惑和干扰，珍惜自己和他人的生命，让每一朵生命的花朵都能在春天里绽放得无比旖旎！

## 虚拟一场盛会

一枚枚落叶在秋风的吹拂下簌簌飘零，如同一个个飘摇的音符，点缀在秋天的末梢，渲染着季节的苍凉。我踏着一地的秋意，漫步在寂静的小区甬道上，昏暗的灯光将我不时变换方向的影子拖得时长时短，如同一个俏皮的孩子绕着我跑来跑去。

偶尔，我发现前面多出一个影子。那个影子如同有了生命似的追着我的影子生长，亦被路灯拖得愈来愈长。当我的影子与那个多出来的影子在下一个路灯的光照里改变方向的时候，忽然有个浑厚的嗓音喊了声我的名字。蓦然回首，却发现是那个多出来的影子的主人竟然是我曾经的同事，如今的邻居李哥。

见到李哥，我不由得想起我们久别重逢时那颇具戏剧性的一幕。

那是我刚搬进这个小区里的一个下午，我下班回家途经小区的"二姐超市"。望着那个超市的门头招牌，我忽然间有了一种莫名的亲切感，仅是"二姐"两个字就令我心生感动，感觉它既带着弟弟妹妹喊我时的亲切，又不乏我见到故乡邻家二姐时的惊喜。它以十足的魅力，诱惑着我不由自主地走了进去。

小小的超市面积不足二十平方米，眼花缭乱的商品井然有序地陈列在货架上，诸多的零食美味在我眼前煽惑，放射出令我不可抗拒的诱惑力。我三下五除二地就挑选了一大袋子，当我要付账的时候，才发现集超市的老板、店员、收银员于一身的人竟然是个中年男子。当我抬头递钱时，蓦然感觉我与他之间有一种似曾相识的亲切感。我努力地在记忆的荧屏上来回搜索，却始终没有搜到任何有价值的蛛丝马迹。我偷偷地打量了他片刻，似曾相识的感觉愈发浓重，我禁不住倏然脱口而出道："我在哪儿见过您！"

"我也在哪里见过您！"男子听到我的声音，停住正点着钞票的手，抬起头凝视着我，也脱口而出。

同样的惊讶，同样的肯定，瞬间消除了我们之间的陌生感，也拉近了彼此之间的距离，我们便开始了询问式的攀谈。毕竟像我们这样年纪的中年人都几经调动，工作单位都调换了不止一次。绕来绕去，我们最后说到了二十七年前机关单位，待互通了姓名之后，惊讶地发现，我们竟然是曾经的同事。彼此望着对方，我们不得不感叹时间竟然有着如此之大的"洪荒"之力，它无情地冲走了我们的青春，改变了我们的容颜，徒添了我们的生疏感。那时，我刚刚走向工作岗位，李哥也参加工作不几年，彼此都在同一个机关大院里工作。在我上班还不到半年的时候，他就调走了。从此，我们彼此仿若都从对方的生命里剥离了一样，音信两茫茫。

故人重逢，叙旧的内容无非是将那些彼此熟悉的人与事从记忆的深潭里打捞出来，沥掉上面的淋淋之水后再一起赏读。我与李哥同路而行的间隙里，也不例外地谈起了曾经的一些老同事，把彼此熟知的光阴故事和与一些道听途说的信息一一对应起来，在串起来的虚拟光阴里，感叹似水流年。

辞别了李哥，我的思绪仿若被激活了一样，依然在往昔的记忆里山一程水一程地跋涉。过往的记忆如同一部黑白大片，在我的脑海里一幕幕地上演，那么清晰，那么形象，那么逼真，仿若就发生在昨天。

清楚地记得发生在我上班报到第二天的那一幕，那天单位有集体活动，天还不亮，同事们便踏着秋日的夜露从四面八方云集到机关党委会议室（当时我们称之为小会议室）。当我和室友小同事赶到的时候，会议室四周的沙发上几乎都挤满了人，有不少人还在沙发旁边加塞似的或依或附地傍沙发而站。我在众人惊异目光的审视里还未站稳脚跟，就被小同事拉了过去，一同坐在了一个空着的沙发上。当我俩还在忙着调整着坐姿的时候，就被办公室主任请了起来。随着纷乱喧嚣的戛然而止，风度翩翩的党委书记Z书记一手持夹着红头文件的黑色塑料皮笔记本，一手持一支金光闪闪的金属外壳钢笔，朝着我与小同事刚坐过的那个沙发径直而去，在众目睽睽之下款款落座。

事后，我和小同事都十分懊悔自己初出茅庐的青涩与无知。时过二十七年，我依然清晰地记得我在那天的日记里曾写下这样一段励志的话："第一天正式上班，我就阴差阳错地坐在了党委书记的位置上，我感觉这是上苍将命运密码透露给了我，是一个好兆头。既然曾坐了那个位置，我相信在不久的将来，凭着自己的才干与不懈努力，就一定能坐上党委书记甚至更高的位置……"

日记里那些誓言的墨迹仿若还未干透，字里行间还带着我激情昂扬的余温，二十七年的光阴便一如白驹过隙。回首过去的二十七年，为了当初那个闪耀在内心的信念，我曾付出了艰苦卓绝的努力，撒下了无以数计的心血与汗水，可至今党委书记的位置于我而言，依然遥不可及，更别说更高的位置了。不过，我早已知趣地掐灭了在内心的信念之火。二十七年的时光流水，早已磨砺掉了我这块粗粝顽石的棱棱角角，将我打磨成了一枚安静地沉溺于水底的鹅卵石。我就那么安安静静地沉溺在水底，任凭流水淙淙，任凭四季更替；曾经的经历，让我彻底领悟了生活的艰辛，知道了凡事都不以自己的主观愿望为转移，主宰世事的客观因素与外在因素都太多太多……

我真后悔自己不够细心，没有留存一份当时的机关干部花名册，能让我按着花名册上的名字一一翻阅与名字对应的那些光阴故事。如今，我只能凭着记忆，将一些同事的过往与如今道听途说的对应信息，一一串联起来。这虚拟的连接，让人不得不感叹时光的雕刀竟然有如此的功力，把当初都在同一机关的同事们雕刻出了迥然各异的人生。

如果将当初的那些同事们都看作是同一起跑线上的运动员，经过二十七年的长跑，有的已到达了终点，有的依然在途中冲刺，有的却已在半途退场……当时的那一百多个运动员竟然跑出一百多种截然不同的成绩；如果把当时的那一百多名同事看作是一百多个同样的毛坯原件，经过二十七年光阴雕刀的雕刻重塑，极少数原件已被打造成了绝世精品，一部分原件被打造成了工艺品，大部分原件则被打造成了日常俗物，也有极少数原件未曾与雕刀谋面就已支离破碎……我和李哥大概都是这里面的其中之一吧。

傻傻地想着那一个个曾经的同事，忽然就很想见见那帮人。哪怕是什么都不说，就单单看上几眼，或许就会有一种莫名的满足，心里也会涌起深深的感动。茫茫红尘，有同学聚会，有战友聚会，有老乡聚会……怎么就没有某一时段的全体同事聚会呢？我的思维开始活跃起来，便开始幻化一场邀约，虚拟一场盛大的聚会。让原来的那帮能来的老同事，都齐刷刷地集聚到那个已经拆迁了多年的大会议室里，按照原来惯例常坐的位置入座，让当初的党委秘书再手持机关干部花名册重新点一次名，随后，让Z书记和H老乡长再给我们做一次报告。端坐在主席台上的Z书记和H乡长已不见了当初的风流倜傥，表情里也不见了当初那种领导范的威严与冷峻，却多出了一份淡定与慈祥。Z书记从容不迫地讲着话，那曾经熟悉的手势与语调都像是经过了慢镜头的处理，他讲着讲着，忽然间就停了下来，茫然地望着台下的大家罔知所措。哦，原来老书记思维短路，大脑断片……台下的同事们在一片唏嘘声里面面相觑，有惊讶，有哀叹，也有担忧；尴尬中，H 乡长急忙救驾出场。多年不见，他已白发苍苍，眼睛里的浑浊取代了当初的如炬之光……

一枚落叶悠然地落在我的头上，打断了我如烟的思绪。抬头仰望，昏暗的光晕里虽然看不清树上的树叶，可我知道它们都已走过了夏季的繁华，一如我们当初的那帮同事，走过了生命的春天……

# 人生如月

夏风习习，月华如水，夜安详地退却了白日 35℃ 的高温。万物都在沉睡，坐在阳台上，我既不举杯，也不邀月，静静地对着一轮圆润的满月若有所思。

滴水观音执意地绿着，浓浓的绿意簇拥着我。它总是这样一年四季地招展着绿意，叶片上晶莹剔透、青翠欲滴的水珠，不知是多情，还是委屈？

凉风掠过纱窗，眯着眼，斜躺在摇椅上，悠闲地摇晃着，白天的经历一幕幕在眼前回放。

同学小聚，席间说起一位同学，大学毕业后到南方发展，二十多年来，她几乎和所有同学都没有联系，只是偶尔传来有关她的一点零星消息，但也是只言片语。

想到她，眼前闪现出那个曾经清纯如水、活泼开朗的女孩，曾经拥有五月花香的诗意女孩，曾经潇洒得不让须眉的女孩，曾经能把泪珠嚼成微笑的女孩，曾经不用手扶就能边骑单车边读书的女孩。据说，她优美的文笔和唐诗宋词的底蕴，就是当年在上学放学的路上积淀下的……

单身的，不都是贵族。据说，她，单身，经济也不错。经过这么多年的调适，已生活得如行云流水，少了些柴米油盐与婆婆妈妈的琐碎，少了些人间烟火的熏烤，至今仍然保持着特立独行、单纯简约的个性。一个人，少了些牵绊，多了些空间。她很喜欢并享受她的工作，工作起来很拼命，正是因为出色的工作能力，赢得了尊敬和朋友。经常和朋友喝茶、看电影、打网球，或者悠闲地开着她的越野车，在蓝天白云下，到海边吹风；有时，心血来潮，她会坐上船，到邻近的城市和朋友吃顿饭，赶最晚一班船回来；或者，订张机票，拎起行囊，洒脱而轻松地游走四方，有伴或无伴，都很惬意……

诗一样的日子，流水般的岁月，是我一直以来羡慕而渴望的生活。然而，如烟红尘和刻板的现实面前，我不得不和天下大多数女子一样，生儿育女；执一柄扫把，日复一日地清扫那百十平米的地面；或像吴刚或西西佛那样，擦抹永世也擦不完的灰尘；像上紧发条的陀螺一样，不停地在单位和家之间旋转，烹煮那"宗教"般延绵不绝的三餐。

然而，我却仍有一件羽衣紧锁心底，用责任和传统固守着，不敢穿上它羽化而去，只有在开心检点之时，看上一眼，相信自己曾经有过羽，就心满意足了。

如今，那位同学和我们一别二十多年，不知道当初她选择了那个遥远的城市，是和某人共赴心灵之约，还是执着地去寻找自己的梦？只身在外的她，现在还好吗？如今的她，是否像我们想象中的那样事业有成……拼凑不出完整的画面。她固执着，坚持着。固执和坚持，其实是她的性格，从小学到初中，一直都是，不管别人是否理解。或许，正是因为这样，她才越走越远，以致当初的同行者已经看不到她的身影。在这静谧的月夜，我想问问月老：那个简单、清纯却像谜一样的女孩，如今是否还一如既往地洒脱快乐得像诗一样？

岁月苍老了曾经的少年。青春，无须装扮，就能流光溢彩。那时我们感觉到世界很大，大到我们无法感知时光的流逝、沧桑的变迁，无法知道自己真正需要的是什么。那时对于我们来说，或哭或笑、或喜或忧，都是一曲悠扬的歌。而如今，青春早已无影无踪，曾经沧海难为水。我们无力让失去的青春韶华轮回再现，外面的世界让我们感到越来越小，小到容不下我们一个小小的心愿。那个曾经幻想着能打个背包游天下、能站在草原上引吭高歌、能悠然地躺在草地上笑看蓝天白云的快乐女孩，如今却生活在生火煮饭、生儿育女的烦琐的世俗里，是生命的蜕变，还是升华？

　　皓月当空，皎洁而温润，清辉倾泻而下，轻抚着我的淡淡忧伤，感慨颓废无奈的同时，也慨叹生命的精彩。

　　月圆是诗，月缺是画。月圆月缺，各有各自的精彩。

　　人生如月。大多数人，都是用诗抒写生活，而我那个同学，却把生活写成了诗。她的坚持和独行，追求的是一种完善和超越；我咀嚼人间烟火，感受到的是一份生命的平实。人生是一道单项选择题，不能复制，不能涂抹，无论进取，还是平淡，都是一种过程，都有自己的明媚春光与习习清风。

## 舌尖上的美味

有道是："金风送爽，蟹肥菊香"。又到深秋季节，大闸蟹进入上市的旺季。爱好美食的丈夫自然不会错过享受这舌尖上的美味。礼拜天一大早，他就买来一箱阳澄湖大闸蟹。

大闸蟹与众多食物一样，食用的做法也不外乎蒸、煮、炒、炸之类。无论是做清蒸大闸蟹、水煮大闸蟹、辣炒大闸蟹、油炸大闸蟹，还是用大闸蟹做成海鲜粉丝煲、肉末蒸蟹、蟹粉豆腐、蟹粉狮子头、蟹黄山菇滑蛋汤……对于自誉为既出得厅堂又下得厨房的我来说都不在话下。用一句不谦虚的话来说，别说单单只是这大闸蟹，即便是天下众多的山珍海味，只要我想做，就不怕做不成美味。哪怕是没有吃过，甚至是从未见过的东西，我也会通过请教别人或是在网上查询做法而做出令丈夫和女儿惊叹的美食。要不怎么会令周围的人常夸我，说丈夫娶了我是他今生的福气。

依照包装盒上的标签，那些大闸蟹的产地是阳澄湖。阳澄湖位于江苏省苏州城东北五公里处，距离我所在的山东菏泽大约七百公里的距离。

也就是说，这些大闸蟹从出阳澄湖到我手里，至少经过了大约七百公里的旅程，可却不知道它们此次旅程历经了多长时间。看着那些大闸蟹被黑白相间的线绳捆绑得结结实实而束手无策，真不知道它们到底是死了还是活着。尽管我清洗时用毛刷刷了好多遍，但我心存洁癖，捆绑大闸蟹的那些线绳依然是我心头挥之不去的隐患，唯恐它不干净或是携带污垢与病菌。于是我便解开了一只捆绑大闸蟹的线绳，试着放到水盆里，观察了好大一会儿，却不见它有什么动静，以为它真的"死"了。于是便开始利索地将其余的那些捆绑大闸蟹的线绳一一解开。我每解开一只大闸蟹，在我将它们放到水盆里的时候，都会仔细观察，可每一只都看似一副死螃蟹的样子。当我解到第五只大闸蟹的时候，我居然听到了轻微的沙沙声。我循着声音望去，却发现有两只大闸蟹在水盆里用它们横行霸道的爪子划着水与不锈钢盆，原来它们竟然"起死回生"了。尽管我很熟稔地将捆绑大闸蟹的线绳解开了，但是，却不会再用线绳将它们捆绑成原来的样子。

此次吃螃蟹，我按老公的吩咐去做清蒸大闸蟹。事先，我在篦子上铺了一层葱姜，将那些绑着线绳的大闸蟹仰面放在葱姜上面，继而，又将那五只被我解了绳子的大闸蟹用筷子夹过去也仰面放好。用筷子夹大闸蟹的时候，筷子每一次都被大闸蟹用前爪牢牢地钳住，无论怎么用力都抽不回来。我只得用手将它们的前爪的两钳强行掰开，才得以将筷子抽出。

随着温度的升高，那些看似死了的大闸蟹开始扭动身子，被捆绑得结结实实的小爪子也挣扎着试图挣断线绳的束缚；而那五只解开线绳的螃蟹便开始一次次地仿若仰面腾空的弹跳，用爪子奋力划动着挣扎，扒着多星锅透明的玻璃锅盖，厚厚的锅盖被五只大闸蟹用爪子划得沙沙作响，试图掀翻锅盖杀出一条血淋淋的逃生之路，其中有一只大闸蟹在挣扎中竟然在狭小的空间里翻过身来，奋力扒着篦子试图逃生。它奋力地挣扎着爬啊爬，扒啊扒，扒断了前爪，却始终没有找到逃生之门，弄得那层铺在篦子上的葱姜全都落到篦子下面的水中。

我知道，那些大闸蟹不是凤凰，它们不会浴火涅槃。自看到大闸蟹活着的那一刻，我就曾想过将它们放生。哪怕是不能将它们放回到生养它们的阳澄湖，就是能放到本地的一方有水的坑塘也好。可是，没有人比我更了解馋嘴的丈夫，当我看到他不停地朝厨房投来张望而期待的眼神时，我内心的爱情最终还是打败了善念，我不忍心摧毁丈夫的美食欲望而令他沮丧。于是，便打消了放生的念头，甚至还为自己的残忍杀生而找到了自我宽慰的理由——即使我今天放生了这些大闸蟹，令它们能逃过我这一劫，它们也未必能逃过最终被吃的宿命。

温度越来越高，锅内的大闸蟹坚硬的深灰色外壳以及蟹爪都开始一点点变红，它们挣扎的动作也随之愈来愈慢，直至一动不动地将挣扎的姿势固定在篦子上，淹没在雾气腾腾的锅里。望着锅里的情景，我的眼睛不知不觉间就有了些微微湿润，内心涌起莫名的哀伤，一颗心仿若随着锅内沸水的沸腾而翻滚，随着烟雾的缭绕而迷茫。

待蒸好的大闸蟹端上餐桌，丈夫便娴熟地掰开大闸蟹坚硬的红色外壳，金黄的蟹黄和乳白色的蟹肉便呈现于眼前。蟹黄色彩鲜艳，香味扑鼻；蟹肉白嫩细软，膏似凝脂；即便是那些蟹爪，也都是肉嘟嘟的。难怪人们会将其视为百金难求的超级美味，仅凭视觉，它们身上的每一处，都足以能令人垂涎欲滴，极大限度地诱发人们的食欲。看着他优雅地剔着蟹肉，剥着蟹脚，边津津有味地吃着，边和我漫无边际地聊天，像是在大闸蟹身上雕刻自己最为开心悠然的时光。

丈夫说我那天的清蒸大闸蟹是他吃到的最为鲜美的一次。我胡乱地点着头，却没有品出大闸蟹的味道，剪不断理还乱的思绪却在潮涌般地蔓延。他吃大闸蟹时那碎碎的蚕食声仿若是大闸蟹挣扎时划动锅盖的沙沙声，响彻在我的脑海里，啮噬着我的心灵。我在想：大闸蟹那坚硬外壳及蟹爪的红色是它们遇难时的鲜血染红的吗？

　　生物进化论者达尔文说："对所有生命的爱，是人类最高尚的品格。"很显然，我和丈夫都不具备这种品格，可天下具备这种品格的人又有几个？在弱肉强食的庞大生物链条里，人们吃掉了大闸蟹及其他生物，而人类又将会被什么吃掉？

## 做最好的自己

　　一场透雨冲走了夏日的闷热，空气格外清新，气温像是回到了春天。

　　我下了公交车，习惯性地昂首挺胸、目不斜视地行走在雨后的大街上，高跟鞋有节奏地敲打着柏油路，心情格外舒畅。

　　偶尔低头间，人行道旁边的一抹绿色盈满眼眸——两把带着露珠儿的嫩豆角静静地躺在那个没有几样菜的电动三轮车上，嫩嫩绿绿，清清爽爽，像是刚刚脱离了豆角秧一样，让人心生爱怜。

　　"这两把豆角可真嫩！是刚摘下来的吧？"我的目光贪婪地盯着那两把嫩豆角，忍不住感叹与发问。

　　"嗯。"卖菜女简短的一个字回答，却很明显地被她分出两个音段，前段激情昂扬，后段却无精打采，给人一种怪怪的不可思议的感觉。

　　我忍不住循着那怪怪的声音抬头望去，当我的目光触到卖菜女的脸的那一刻，我惊讶得目瞪口呆，差点惊叫起来——她竟然是我的初中同学。只见她局促不安地低垂着头，青丝间若隐若现的白发诉说着岁月的沧桑；略显苍老的脸羞得绯红，眼角的鱼尾纹里写满生活的艰辛；她耷拉着眼皮，像是霜打的茄子一样无精打采，一副可怜兮兮的样子。她略显苍老的容颜像一面镜子，让我照见了自己不想承认的年轮。直觉告诉我，她明明看到了我，却在刻意地躲避着我。我知道，她不是怕我要了她的菜不付账，而是内心深处的自卑感令她低下了头。看着她卑微的样子，我的心好疼好疼，真想即刻就买下她车上所有的菜，让她早点儿回家。可是，我不能！我的出现已经让她的自尊心大大受伤，而令她低头逃避。我只得赶紧闭上因惊讶而张大了的想喊她名字的嘴巴，迅速地移开视线，佯装没看见，一如她逃避我那样逃避着她，逃也似的继续走路。

行走在大街上，我思绪纷乱，为自己的出现而令同学感到卑微不安的同时，无边的思绪又把我带到了阔别近三十年的初中时代。

初中时，我和她都是天真快乐又品学兼优的好学生，都拥有美好的青春。上课时，由同一个老师给我们灌输知识；课余时，曾一起海阔天空地谈天说地，说少女的秘密，憧憬美好的未来……曾经，我们相处是那么的和谐，一如振翅飞翔的鸟儿，共同向着升学的目标奋力飞翔……

中考与高考就像两道分水岭，它把同窗而读的同学分离开来，在以后的人生道路上书写着不同的命运。我与她被中考的分水岭分离开来，我考上了当时热门的中专学校，成了当时十分走俏的"吃国粮"的人。而她落榜后还算幸运，招工进了一家工厂当了工人。可企业改制后，她却随着时代的大潮成了一名下岗工人。没有资金，没有技术，为了生活，她不得不做起了卖菜的小贩。我在想，曾经的同学，如果没有那一纸试卷的分晓，我和她必定还是好同学，好姐妹，好闺蜜，还会像从前那样和谐相处，其乐融融。而如今却形同陌路，我心里有说不出的酸楚。

"如果你不能成为一棵大树／那就当丛小灌木／如果你不能成为一丛小灌木／那就当一片小草地……我们不能全是船长／必须有人也是水手……"美国作家道格拉斯·马罗奇的诗句告诉我们，航船除了舵手，乐队除了主唱，学校除了师生以外，还有许许多多的小角色，他们都在做着最好的自己。

我多想告诉我的那个同学，茫茫红尘，无论从事什么职业，我们每个人都是在做最好的自己！你不必躲避我！

# 冬天的绿柳

小雪已从节气的指缝里悄悄溜走，接踵而来的大雪即将擦亮冬季的眼眸。此时，原野早已用灰调袒露出本色的空旷与辽阔。

冬季的寒风掠过村庄、树木和高楼，肆无忌惮地在街上穿行，它挟裹着阵阵刺骨的寒冷，疯狂地窜入人们的骨髓和血液。野外的树木在秋季里就已收起了遮天蔽日的梦，把一季的葱郁和繁华都浓缩成黄褐色，飘零入土。而此时，街心的垂柳像是与季节无关，依旧恣意地在寒冬里用绿意纠缠着冬风，在阴冷的天空里摇曳，点亮这个灰调的季节。

行走在街心，那随风狂舞的绿柳塞满我的视线。我内心充盈着喜悦与希望，也徒添了一份担忧和落寞。我真担心冬天将会在喜怒无常里，挥动它锋利无比的刀刃，将这最后的一抹绿意瞬间割去……不知道这一天将在什么时候到来，明天或者后天？我们无从知晓……街心的绿柳逃过了秋黄，是城市的人口密度大，散发了太多的热量，还是人们冬季供暖使环境升温，赋予了它们一个保持绿色延续的环境，让它们能在这特定的环境里将生命延长，将飘零推迟？然而这样的优越环境也势必不会无限期地延长，这些冬天的绿柳也终将抵不过冰雪的摧残。

冬日街心的绿柳摇动我的惆怅，让我不自觉地把它和人生联系在一起。

此时，旷野里那些落光了叶子的垂柳的枝条，早已冻僵了身躯，在寒风的肆虐里相互碰撞着，发出刺耳的"咔咔"声。我不知道那是不是因为寒冷或疼痛而发出的呻吟或是呐喊？它们多像一个个在工作岗位上工作了几十年的老同志，被那如同秋风一样的一纸告退令，强行从工作岗位上拉了下来，塞到退离的行列里，任凭失落和沮丧向他们袭来，又眼睁睁地看着那些在岗的同事们在工作岗位上游刃有余……庆幸？羡慕？还是嫉妒？说不清的愁绪，拥堵心头。

冬天里的绿柳，即使再绿，毕竟还是归属落叶乔木的范畴，终究逃不过落叶宿命，改变不了大自然永恒不变的规律。春夏季节，无论她茂盛，还是稀疏；无论她深绿，还是浅绿；无论她招摇，还是沉寂……飘零入土终将是最后的结局，早也好，晚也罢，早晚都会无可避免地飘零……人生亦是如此：无论你高贵，还是卑微；无论你富有，还是贫穷；无论你博学，还是肤浅……都将如同落叶的归宿一样，曾经的一切都将成为历史……

# 梦中惊魂

时针指向了凌晨两点，我依然还没有睡意，干脆打开床头灯，随手从床头上拿起一本杂志，漫无目的地翻阅起来。

杂志看不到两页，上眼皮和下眼皮便打起架来，双眼在不知不觉里就悄然闭上了，手里的杂志滑落下来，紧接着便是"铁马冰河入梦来"。

睡梦里，我又回到了学生时代，我依然还是二十多年前那个头扎两条羊角小辫的亭亭玉立的清纯少女，依然还患有二十多年前的考试紧张综合症，每一次考试之前总是紧张兮兮，又胆战心惊。

决定命运的考试很快就要到了。关于英语，所有的英语单词我都既不会读，也不会写，更不用说语法和英文写作了；关于地理，我依然还是那个被老师称之为"不会看地图的女同学"，不管怎么用心去看，面对地图的各色版块，我依然色盲一般，更不用说去了解各地的地理情况和风土人情了；关于历史，什么夏商周与元明清，什么三皇五帝与唐宗宋祖，在我的意念里，根本就没有朝代之分，所有的历史人物和历史事件，都在时空的长河里天马行空地往返穿行，不分朝代，不分古今……

尽管我什么都不会，但是，面对父母"盼女成凤"的殷切期盼，我还要硬着头皮去考场，去应战。第一场考的是我最头疼的"史地生"，拿到考卷的那一刻，黑色的字迹如同黑压压的蚂蚁在考卷上纷乱穿梭爬行，弄得我眼花缭乱，头昏脑胀。恍惚中，那数以万计的我叫不出名字的昆虫，不顾我的左躲右闪，纷纷向我袭来，恐龙、鳄鱼、狮子、老虎……张着血盆大口，毒蛇吐着鲜红的舌信，凶猛地怪叫着，纷纷地向我一步步逼近；分不清是哪朝哪代的疆场武士，披盔戴甲，兵戈相戎，从四面八方纷纷向我包剿厮杀而来；躲闪中，随着一声轰然巨响，我脚下的大山猛然出现了山崩，我随着纷乱的石头被抛入高空，而后又随着那纷飞的乱石火速地坠入无底的深渊……

我在惊叫声里被丈夫轻轻地推醒。

我睁开双眼，努力地摇摇头，确定是一场噩梦之后，依然沉浸在惊魂未定的惶恐里，久久地走不出那噩梦的恐惧与困扰。

虽然是应试制度的考试改变了我的命运，把我由一个农家之女变成了今日的国家公务员。可是二十多年前的那一场场考试，在我心灵深处投下的阴影却挥之不去，纠结在我的梦里梦外，困扰着我疲惫的心灵。

人生如梦。在人生的道路上，升学、就业、婚姻、购房、升迁……又有哪一样不是令我们惊魂不定的考试呢？面对一张张考卷，不知道有多少人像我一样，于梦中惊魂？